KB262762

이오네스코의 「대머리 여가수」 읽기
― 존재와 그 부조리한 일상의 풍경

이오네스코의 「대머리 여가수」 읽기
― 존재와 그 부조리한 일상의 풍경

세창명저산책_009

이오네스코의 『대머리 여가수』 읽기

초판 1쇄 인쇄 2013년 4월 20일
초판 1쇄 발행 2013년 4월 25일

–

지은이 김찬자
펴낸이 이방원
기획위원 원당희
편집 조환열·김명희·안효희·강윤경
디자인 손경화·박선옥
마케팅 최성수

–

펴낸곳 세창미디어
출판신고 2013년 1월 4일 제312-2013-000002호
주소 120-050 서울시 서대문구 경기대로 88 냉천빌딩 4층
전화 02-723-8660
팩스 02-720-4579
이메일 sc1992@empal.com
홈페이지 http://www.sechangpub.co.kr/

–

ISBN 978-89-5586-176-1 03860

이 도서의 국립중앙도서관 출판시도서목록(CIP)은 서지정보유통지원시스템 홈페이지(http://seoji.nl.go.kr)와
국가자료공동목록시스템(http://www.nl.go.kr/kolisnet)에서 이용하실 수 있습니다.
CIP제어번호: CIP2013003975

세창명저산책_009

김찬자 지음

존재와 그 부조리한 일상의 풍경

이오네스코의 『대머리 여가수』 읽기

세창미디어

머리말

「대머리 여가수 *La Cantatrice chauve*」는 1950년 5월 11일 파리 샹폴리옹 거리에 있는 녹탕뷜 Noctambules 극장 무대에서 초연되었다. 〈반反연극〉이라는 부제를 단 이 작품은 연극에 대한 풍자이며, 관객에 대한 공격이었다. 특별한 줄거리도, 일관성 있는 인물도 없고, 작품 내내 등장하지 않는 '대머리 여가수'라는 제목도 의미하는 바가 없었다. 대머리 여가수가 출현하지 않는 것을 보고 "그런데 왜 대머리 여가수예요? 여가수가 나오는 걸 봤어요? 여가수가 어디 있어요? 더욱이 대머리라니? 대머리인 사람 봤어요? … 그런데 그 소방대장은 또 뭐예요? 소방대장은 뭐 하러 나온 거예요? 우릴 놀리는 거 아니에요?"라고 말하는 것이 공연 내내 이곳저곳에서 들릴 정도였으니 1950년대 관객들이 얼마나 황당해 하며 이유도 알지 못한 채 조롱을 당한 것 같은 느낌을 받았는지를 짐작할 수 있다.

녹탕빌 극장에서의 첫 스물다섯 번의 공연은 힘들게 이어졌던 것으로 보인다. 사람들은 작품이 '횡설수설하고, 기만이고, 퇴폐적'이라고 야유를 보냈다. 아무 의미가 없는 〈반연극〉이라는 총칭적 부제를 비웃으며 "연극 관객을 잃게" 만드는 작품이라고 비난했다. 물론 그 가운데 부조리한 현실을 사실적으로 그린 "훌륭한 사실적인 작품", "아무 일도 일어나지 않는다. 아무도 말할 것이 없다. 우리 인생을 꼭 닮았다"라는 평가도 있었으며, "지적이고 우스꽝스러운" 작품이라는 평가도 있었다. 「대머리 여가수」 공연은 1950년대 버전의 일종의 에르나니 논쟁(1830년 위고의 「에르나니*Hernani*」 초연을 중심으로 벌어졌던 논쟁)이었다. 이렇게 작품에 대한 반응이 엇갈리는 가운데 극장은 텅텅 비어 있었다. 관객이 세 명뿐이었던 적도 있었다고 한다.

1952년 10월, 파리 라틴가의 작은 극장인 위셰트 극장에서 다시 「대머리 여가수」와 「수업*La leçon*」을 올렸으나 6개월을 버티지 못했다. 그러나 5년 후인 1957년 2월, 위셰트 극장은 다시 두 작품을 공연할 생각을 했고, 무대에 올리면서 믿을 수 없는 상황이 벌어지게 된다. "매일 밤 연극을 잘 아는 사람들과 유행추종자들이 이제는 아무도 모르는 사람이 없게 된 이오네스코를 만나보기 위해 모여들었다." 그 가운데 에디트 피아프, 소피아 로렌 등이 있었으며, 전쟁 이후 "가장 이상하고, 가장 과감한 연극"으로 유행의 아이콘이 된다.

위세트 극장은 이오네스코를 위한 극장이 되었다. 1979년에는 22년 동안 중단 없이 「대머리 여가수」, 「수업」 두 작품을 공연한 극장으로 세계 최장기 공연 신기록을 세웠다. 오늘날 17,000여 회의 공연을 기록하고 있는 이 작품은 프랑스에서 가장 많이 공연된 작품들 중 하나가 되었다. 이 작은 극장에서 60년 이상 공연된 「대머리 여가수」와 「수업」 두 작품의 모험은 아직도 계속되고 있다. 현대 연극의 뜨거운 도가니였던 이 부조리 연극 박물관에는 아직도 매일 공연을 보기 위한 줄이 이어지고 있다. 위세트 극장은 프랑스 사람들뿐 아니라 세계 여러 나라 사람들이 즐겨 찾는 박물관 같은 존재가 되었다.

이오네스코 작품은 이제 위세트 극장뿐 아니라 세계 곳곳에서 번역되어 꾸준히 무대에 오르고 있다. 우리나라에 그의 작품이 처음 소개된 것은 1960년대 극단 실험극장이 「수업」을 무대에 올리면서이다. 이어 1960년대 창단된 동인제同人制 극단들이 「대머리 여가수」, 「코뿔소Rhinocéros」 등을 무대에 올렸으며, 동시에 베케트의 「고도를 기다리며En Attendant Godot」, 「놀이의 끝Fin de partie」 같은 부조리극 작품들이 우리나라에 소개된다. 2009년에는 이오네스코 탄생 100주년을 기념하기 위한 전시회가 3개월 동안 프랑스와 미테랑 국립도서관에서 열렸으며, 우리나라에서도 연희단거리패, 우리극연구소, 극단 노을, 극단 쎄실, 극단 완자무늬, 극단 76, 극단 창파 등을 중심으로 「수업」, 「코뿔소」, 「의무의 희생자Victimes du devoir」, 「왕이 죽어가다Le Roi se meurt」, 「살인놀이Jeux de massacre」, 「의자Les chaises」, 「알마의 즉흥극L'Impromptu de l'Alma」 같은 잘 알려진 초기 작품뿐 아니라 우리 무대에서 공연되지 않은 작품들을 무대에 올렸다.

　제1, 2차 세계대전을 통해 휴머니즘의 가치가 붕괴된 세계의 부조리성과 그 절망적 인간조건을 누구보다 강하게 체험했던 이오네스코의 작품에는 근원적으로 인간 실존의 문제들에 대한 고뇌가 자리 잡고 있다. 그러한 주제의식이 강한 연극성과 결합되어 표현된 까닭에 그의 희곡은 서양에서만큼이나 우리의 무대에서도 끊임없이 공연되는 것이라고 생각된다. 김미혜는 마틴 에슬린의 『부조리극』을 번역하며 그 서문에서 부조리극은 "횡설수설의 말과 놀이가 폭소를 제공하는 연극성 때문에 골계와 해학정신이 뛰어난 한국인에게는 매우 적절한 극형식"이라 할 수 있다고 평가한다.

그의 희곡들은 작가가 살았을 때 고전이 되었다. 데뷔는 힘들었지만 그의 작품들은 국제적인 명성을 얻었다. 특히 그의 초기작들인 「대머리 여가수」, 「의자」, 「코뿔소」, 「왕이 죽어가다」 같은 작품들은 여러 언어로 번역되었고 아방가르드 작가로 살아생전 플레야드판을 출판하는 작가가 되었다. 우리나라에서도 그의 주요 희곡들은 여러 번역본이 나왔고, 최근에는 그의 희곡뿐 아니라 소설, 평론집, 그림수필까지 번역, 소개되고 있다.

이 책에서 소개하고자 하는 「대머리 여가수」는 오랜 세월을 가로지르며 공연의 다양한 가능성을 보여주었고 지속적인 성공을 거두며 기적적으로 시대와 유행에 적응해온 작

품이다. 연출가 라가르스Jean-Luc Lagarce의 표현처럼 연출가
들에게 있어서 「대머리 여가수」는 '예외적인 사건'이다. 이
작품은 다양한 연출가들의 새로운 해석을 통해 여전히 세
계에서 꾸준히 공연되고 있는 현재진형형의 작품이지만 아
직도 관객들에게는 다소 생소하고 이해하기 어려운 작품으
로 여겨지고 있는 것이 사실이다. 연극을 공부하는 학생들
과 연극에 관심 있는 독자들에게 작품의 연극적, 사회적, 철
학적 의미를 이해하는 데 이 글이 도움이 되었으면 하는 바
람이다.

2013년 2월
김찬자

| CONTENTS |

1

이오네스코의 삶과 예술

두 나라, 두 언어 사이에서

외젠 이오네스코는 1912년 11월 26일 루마니아 슬라티나에서 루마니아인 아버지와 프랑스인 어머니 사이에서 태어났다. 그가 두 살이 되었을 때, 아버지가 파리에서 법학박사학위를 준비하게 되어 가족 모두가 파리로 이주한다. 1916년, 아버지는 혼자 루마니아로 돌아가고 이오네스코는 어머니와 누이동생과 함께 파리에 남는다. 어머니는 공장에서 일하며 홀로 두 남매를 키운다. 13살이 되었을 때 이오네스코는 누이동생과 함께 루마니아로 돌아온다.

　부모의 불화와 이혼, 아버지의 재혼과 아버지에게로의 양육권 이양으로 이오네스코는 아버지와 살게 된다. 어린 시절을 함께한 어머니를 떠나 낯설기만 한 아버지와 사는 것은 쉬운 일이 아니었다. 그는 아버지와의 고통스러운 관계를 다음과 같이 밝히고 있다.

　중학생 때, 아버지는 숙제를 했는지 보러 오거나, 뭔지 모를 일로 야단치러 내 방에 들르곤 했다. 나는 일어나서 아버지가 서랍과 책을 마구 뒤지는 것을 바라보았다. 아버지는 노트를 펼쳐보기도 하고 심지어는 나의 가장 은밀한 기록인 일기와 시 구절을 큰소리로 읽다가 화가 나서 얼굴이 시뻘게지면서 급기야는 나에게 고래고래 욕설을 퍼부었다.

—『단편일기』

　이오네스코의 아버지는 왕정, 파시즘, 공산주의로 체제가 바뀔 때마다 변신을 거듭하며 고위직을 지킨 권력 지향적인 사람이었다. 거칠고 강압적으로 아들의 삶에 개입하는 바람에 이오네스코는 고통스러운 청소년 시기를 보낼 수밖에 없었다. 그가 취할 수 있는 태도는 모든 것에 대해 드러내 놓고 반항을 하는 것이었다. 루마니아에 대해, 루마니아 문학에 대해, 「코뿔소」에서 상징적으로 그려지고 있는 파시즘과 공산주의 이데올로기에 대해, 특히 아버지에 대해서….

내가 한 모든 일은 오로지 아버지에게 반항하기 위한 것이었다. … (조국이란 용어도 참을 수가 없었다. 그것은 아버지의 나라를 의미하니까.) 내 조국은 프랑스였다. 어머니와 함께 살았던 곳이었기 때문이다.

—『단편일기』

이오네스코에게 있어서 루마니아로 돌아오게 된 것은 사랑하는 어머니의 세계로부터 추방되어 아버지의 세계에 감금되는 것이었다.

어쨌든 루마니아와 프랑스, 두 나라, 두 언어의 교차로에 설 수밖에 없었던 환경이 이오네스코에게 언어에 대한 탁월한 직관과 감각을 계발시키는 계기가 되었음은 분명하다. 그의 언어능력은 13년 만에 모국으로 돌아와 생소한 루마니아어로 중등교육을 받고 그 언어로 문학에 입문하고, 작가로 인정받았다는 사실이 입증해준다. 그의 작품에서 언어는 등장인물에 버금가는 위상을 누린다. 후일 그가 쓴 첫 번째 부조리극 「대머리 여가수」에서는 사물처럼 부서지고, 번식하고, 파국으로 향해가는 언어를 그림으로써 '언어의 비극'이라는 별칭을 얻었으며, 두 번째 희곡 「수업」에서도 교수의 언어학 수업을 통해 파괴되어가는 학생을 보여줌으로써 '말'이 사람을 죽일 수 있음을 그린다. 언어는 그의 평생을 통한 존재론적 탐색과 연결되어 있다.

고등학교를 마치고는 부쿠레슈티 대학에서 프랑스어 학사과정을 준비하며 교수가 되기를 꿈꾸는데 이러한 선택을 하게 된 동기는 어머니의 사랑을 빼앗았던 아버지에 대한 반항과 어머니와 어머니의 나라 프랑스에 대한 향수가 작용한 것으로 보인다. 아버지와의 관계는 늘 힘들었다. 결국 18~19살쯤 아버지를 떠나 혼자 살기 시작했다. 생활비를 벌기 위해 불어 과외를 하기도 했지만 늘 생활비가 모자라서 한 달의 반은 의과대학에 다니는 친구에게 신세를 졌다. 부자였던 아버지에게 돈을 얻은 날은 친구들을 모두 불러 먹고 마시며, 돈을 하루 만에 몽땅 다 탕진하고 이튿날부터는 방에 틀어박혀 방세 내라는 집주인 소리에 대답을 하지 않고 지냈다.

극작가로서의 삶

이오네스코는 일찍 문학적 재능을 보였다. 루마니아에서 작가로 데뷔하며, "나는 쓰고, 쓰고, 또 쓴다. 평생을 썼다. 이 일 말고 다른 일에 재주가 있은 적이 없었다"라고 작가로서의 소명을 밝히고 있다. 그의 문학적 재능은 어린 시절 대화체를 탁월하게 구사했다고 담임선생님에게 칭찬을 받았던 마을 축제에 관한 작문까지 거슬러 올라갈 수 있다. 그러나 그가 본격적으로 시를 쓰게 되는 것은 기술자가 되라는 아버지의 뜻을 어기고 부쿠레슈티 대학에서 불어를 전공하기 시작하면서부터이다. 잡지에 기고도 하며, 대학 시절이던 1931년에는 애가조 시집『작은 존재들을 위한 애가 *Élégie pour des êtres minuscules*』를 출판한다. 그러나 그가 세인들의 주목을 끌면서 명성을 얻고 왕립출판사 상까지 받게 해준 것은 비평집 『거부*Nu*』1934이다. 이 작품에서 이오네스코는 유명한 시인과 소설가를 공격하기도 하고, 자신이 절찬했던 소설을 금방 혹평하기도 하면서 철저한 부정정신으로, 심미적 가치를 지닌 비평의 존재위상을 허물어뜨린다.

공부를 마친 후, 부쿠레슈티의 한 고등학교에서 프랑스어 교사로 교편을 잡고 1936년 대학 시절 만난 로디카 부릴레아노와 결혼한다. 그러고는 파시즘과 관련된 혼란으로 루마니아를 떠날 생각을 한다. 아버지와 친구들이 모두 하나씩 나치 모델을 따른 극우파 코드레아뉘 철 친위부대를 추종하게 됨에 따라 이오네스코는 외롭고 불안한 시기를 보낸다. 마침 1938년 루마니아 정부장학금을 받게 되고, '보들레르 이후 프랑스 문학에 나타난 죄와 죽음'이라는 주제로 준비하고 있던 박사논문에 쓸 자료를 모으기 위해 프랑스로 돌아간다. 13년 만에 돌아온 프랑스에서 2년1938년~1940년 동안은 박사학위 준비는 미뤄두고 루마니아 잡지에 콕토, 무니에, 지로두 같은 프랑스 작가들에 관한 글을 실으며 문인으로서의 위치를 계속 지켜나간다.

제2차 세계대전이 일어났을 때 이오네스코는 프랑스 남

쪽 마르세유에 있었다. 1944년에는 딸 마리 프랑스가 태어
난다. 그렇지만 극단적인 공산주의가 파시스트 시대의 상처
들을 되살아나게 한다. 루마니아가 파시즘에서 공산주의로
참혹하게 흔들리고, 그때부터 이오네스코는 모든 이데올로
기, 모든 광신적이고 독선적인 정치를 경계한다. 1948년 이
후부터는 출판사에서 교정 일도 보고, 글도 쓰고, 주변에 마
음 맞는 친구들과 교류도 하면서 비교적 안정된 생활을 한
다. 서른세 살이 될 때까지 극작가가 될 생각은 하지 않았고
연극이란 장르에 크게 끌리지도 않았다. 그 당시 "통속적인
작품을 읽고, 영화관에 가고, 음악도 듣고, 미술전시회에도
갔지만 연극은 거의 보러 가지 않았다"고 밝히고 있다. 그러
나 그가 자신의 글쓰기 방식을 밝히는 글을 보면 이미 극작
가로서 더할 나위 없는 직관을 지닌 작가임을 알 수 있다.

작품을 쓰는 일은 정말 힘들다. … 그러나 종이 위에 쓰지만
않는다면 작품 한 편 꾸미기는 그다지 어렵지 않다. 소파에
몸을 쭉 펴고 누워 비몽사몽 가운데 한 작품을 머릿속에 그려
보고 상상의 나래를 펼치면 된다. 움직이지도, 통제하지도 말

고 그대로 내버려두면 된다. 어디서 왔는지 알 수 없는 한 인물이 떠오르면 그 인물이 또 다른 인물을 불러낸다. 첫 번째 인물이 말하기 시작하면 첫 번째 대답이 주어지고, 첫 번째 짝짜꿍이 시작되면 그다음은 자동적으로 따라나온다. 그냥 가만히 귀를 기울이고 내면의 스크린 위에서 일어나는 것을 들여다보면 된다.

— 『악령』의 서문[1]

이오네스코는 스스로 연극을 좋아하지 않았다고 밝히긴 했어도 희곡을 한 편 쓰게 되었다. 그 작품이 「대머리 여가수」이다. 집에 모인 친구들에게 작품을 읽어주자 그들이 신나게 웃는 것을 보고 이오네스코는 "이 텍스트에 진짜 희극적 힘이 있다는 것을 느꼈다"고 밝히고 있다. 1950년 5월 11일 프랑스에서 초연되어 연극사의 새로운 장을 연 이 작품은 기존 연극의 모든 요소들에 대한 강력한 패러디를 담

---

[1] 도스토예프스키의 소설 『악령』을 아카키아 비알라Akakia Viala와 니콜라 바타이유Nicola Bataille가 개작한 작품에 대한 이오네스코의 서문.

고 있는 〈반연극〉으로서 파괴정신을 유감없이 발휘한 작품이다. 그 당시는 이론에 관한 논의들은 많았지만 작품 면에서는 크게 활력이 없던 시기이다. 사르트르의 「출구 없는 방Huis clos」1944이나 「더러운 손Les Mains sales」1948 같은 사상 작품들, 카뮈의 「오해Malentendu」1944, 「칼리귤라Caligula」1945 같은 작품들도 까다로운 젊은이들에게 지적이고 예술적인 개혁을 가져다주지 못했던 것으로 보인다. 이런 시기에 그의 작품은 격렬한 논의를 불러일으킴으로써 기존 연극에 반대하는 〈반연극〉으로 논쟁의 중심에 서게 된다.

이오네스코가 극작가로 성공할 수 있었던 또 하나의 이유는 그의 연극에 내재되어 있는 공격적이고 도발적인 힘에 가치를 부여해줄 수 있는 연출가들을 만난 것이다. 니콜라 바타이유Nicola Bataille의 연출은 그에게 자기 텍스트가 어떤 힘을 지녔는지를 느끼게 해 주었다.

우연히 이 텍스트를 손에 넣은 연출가가 그걸 진짜 극작품으로 여겨 공연으로 만들었다. 우리는 그것에 「대머리 여가수」라는 제목을 붙였는데 사람들이 많이 웃었다. '언어의 비극'을 쓰고자 했던 나는 깜짝 놀랐다.

— 「노트와 반노트」

이어서 그 시대 유명 연출가들이 그의 작품을 무대에 올리며 아방가르드 극작가로의 그의 이미지를 관객에게 강하게 심어주게 된다. 니콜라 바타이유는 「대머리 여가수」와 「둘이서의 망상 *Delire à deux*」을, 자크 모클레르 J.Mauclaire 는 「의무의 희생자」와 「맥베트 *Macbett*」를, 장 마리 스로 J.-M. Serreau 는 「아메데 혹은 어떻게 그것으로부터 벗어날 것인가? *Amédée ou comment s'en débarrasser*」와 「갈증과 허기 *La soif et la faim*」를, 장 루이 바로 Jean Louis Barrault 는 「코뿔소」를 무대에 올린다.

「대머리 여가수」 공연 이후 그는 연극 아방가르드 기수로서의 길을 걷는다. 그의 초기 작품들은 언어에 대한 비판(「대머리 여가수」, 「수업」)뿐 아니라 사회와 성에 대한 비판(「자크 혹은 복종」)을 담고 있으면서 전통연극과의 단절을 부각시키는 작품들이 주류를 이룬다. 그 이후에도 풍자와 비판은 이어지지만 「의자」1952부터는 비참한 실존에 처해진 인물들이 서정적이고 깊이 있게 묘사된다. 이어 「의무의 희생자」1953, 「아메데 혹은 어떻게 그것으로부터 벗어날 것인가?」1954, 「자크 혹은 복종」1955, 「알마의 즉흥곡」1956, 「새로운 세입자 *Le nouveau locataire* 」1957, 「살인자 *Tueur sans gage* 」1959 같은 작품들에서는 허무와 고독의 감정이 더욱 두드러지게 나타난다. 그의 작품엔 늘 부조리로부터 벗어나려고 하나 점점 행동이 부조리에 연결되는 불쌍한 주인공의 존재론적 악몽이 그려진다. 이오네스코는 「알마의 즉흥곡」에서 "나에게 연극은 내면의 세계를 무대에 투영하는 것이다. 내 꿈, 번민, 어두운 욕망, 내적 모순이 극 형태와 잘 부합된다"라고 창작의 의미를 밝히고 있는데 그 점이 바로 이오네스코 연극에서 무의식을 읽어 내며 정신분석학적 의미를 찾아보게 만드는 점이다.

이오네스코는 또한 인간이 형이상학적인 의문과 정신적인 삶에서 멀어지게 되는 데는 사회적 억압이 큰 요인으로 작용한다고 보고 이를 고발하는 일련의 작품들을 쓴다. 1958년 「코뿔소」에서는 이데올로기의 전염과 집단의 맹목적인 힘이 가져올 수 있는 폐해를 고발한다. 1930년대 루마니아에서 파시즘 확산을 지켜보고 공산주의에 대해서도 심한 거부감을 느낀 경험이 집단 히스테리가 증가하는 이 작품을 쓰게 된 배경이 되었다. 이 작품에서 이오네스코의 분신이라고 할 수 있는 베랑제라는 인물이 처음 등장한다. 베랑제는 이어지는 「살인자」, 「공중 보행자 *Piéton de l'air*」, 「왕이 죽어가다」에서도 주인공으로 나온다. 그는 스스로 실패하리라는 것을 알면서도 악과 맞서 싸우게 되면서 부드러운 몽상가에서 점점 더 사회적, 정치적 억압의 소용돌이에 휘말리게 되는 인물이다. 「살인자」부터 「코뿔소」까지 작품의 배경에는 전쟁 전 루마니아와 전체주의적 경향이 만연하는 세계의 모습에 대한 염증이 내재되어 있다. 「왕이 죽어가다」에서의 죽음의 왕국, 「갈증과 허기」에서의 죽음보다 더 끔찍한 정신의 쇠퇴, 인류의 반을 파괴할 준비를 하는 운명을 그리고 있는 「살인자」 등 그의 베랑제 시리즈 작품에서는 허무가 승리하는 비관적 인간조건이 그려진다.

연극계에 데뷔한 지 10년 만인 1960년 이오네스코는 「코뿔소」를 장 루이 바로의 연출로 프랑스 오데옹 극장 무대에 올리게 된다. 이 무대는 이오네스코 연극의 공식적 축성의 무대가 된다. 이어서 그는 「갈증과 허기」를 코메디 프랑세즈 무대에 올리고, 1970년에는 아카데미 프랑세즈 회원으로 선출됨으로써 세계적인 명성을 얻고 고전작가의 반열에 오른다. 인생의 하반부에는 로마네스크한 장르를 시도하면서 1973년에는 소외된 인물이 자신의 무의미한 과거와 현재를 반추해보는 『외로운 남자Le Solitaire』를 탈고하고 소설 『끔찍한 사창가Ce formidable bordel』1973를 희곡으로 각색하기도 한다. 1975년에는 마지막 작품 『가방 든 사람L'Homme aux valises』을 쓰고 그 이후부터는 다른 장르, 특히 자서전에 관심을 기울인다.

1980년과 1990년 사이에는 건강이 많이 나빠지고 심한 우울증을 겪게 되면서 연극을 떠나 치료 삼아 그림을 그린다. 이오네스코는 붓과 색깔이 자신의 무의식에서 나오는 이미지들을 연극보다 더욱 직접적이고 구체적인 방식으로 표현할 수 있도록 해주는 수단으로 느꼈던 것으로 보인다. 그 당시 "나는 단어들을 증오한다. 그래서 그림을 그린다"라고 작가로서는 충격적인 선언을 하고 "색이 아직도 나를 말할 수 있는 유일한 수단이다"라고 밝힌다. 이 시기에 그는 더 이상 무대를 위한 작품을 쓰지 않고 정기적으로 스위스와 아틀리에가 있는 생-갈Saint-Gall에 체류하며 석판화와 과슈(고무 수채화법으로 그린 그림)들을 그리고 전시한다. 그는 화단에서도 낯선 사람이 아니었다. 예술비평을 하고, 화랑과 전시회 소식을 훤히 알고 있었으며, 평생 동안 막스 에른스트, 호앙 미로, 브라우너, 피에르 알레친스키, 폴 버리, 로버트 자콥슨 같은 화가와 조각가들과 교류했다.

그는 84세 나이로 파리에서 죽는다. 그는 몽파르나스 묘지에 묻혔으며 무덤은 르누아르 길 여섯 번째 구역Allée Lenoir, 6e Division에 있다. 비석에는 "내가 누군지 모르는 채 기도하는 것이 예수이기를 소망합니다Prier le Je Ne Sais Qui, j'espère Jésus-Christ"[2]라는 글이 새겨져 있다.

이오네스코는 살아서 고전 작가로 인정을 받은 드문 작가들 중 하나이다. 그의 희곡들은 라틴 가의 작은 극장들(녹탕빌, 포슈, 위셰트 극장)뿐 아니라 파리의 큰 극장(오데옹 극장, 샹젤

2_ 이 문장은 그의 마지막 작품 『간헐적 탐색』의 끝 문장이다.

리제 스튜디오, 코메디 프랑세즈)에서 공연되면서 더할 나위 없는 대중적 명성을 누렸다. 그는 부조리 연극의 화관 없는 왕이었을 뿐 아니라, 「코뿔소」, 「왕은 죽어가다」, 「갈증과 허기」, 「살인놀이」, 「맥베트」 같은 비극적 희곡 시리즈를 통해 세계 문학 속에서 중요한 위치를 차지하는 20세기 위대한 극작가이다.

2
이오네스코, 신연극의 기수

1950년대 초반에 새로운 연극 경향이 나타난다. 이 연극의 출발지이자 본거지는 파리였다. 파리에 살면서 프랑스어로 작품을 쓰는 주요 극작가들은 프랑스인들이 아니었다. 아일랜드인 베케트, 루마니아인 이오네스코, 아르메니아계 러시아인 아다모프는 파리에서 아주 자유롭게 작업할 수 있는 분위기를 찾아냈을 뿐만 아니라 파리는 이들에게 작품을 공연할 수 있는 기회를 주었다. 제2차 세계대전이 끝난 후 대개 프랑스어가 모국어가 아닌 한 무리의 극작가들이 파리에 머무르며 전쟁의 폐허를 바라보면서 인간조건을 생각했고, 그런 인식에서 나온 자신들의 고통과 악몽을 종이 위에 쏟아놓으며 작품을 썼다. 그들 작품은 깊은 부조리의 감정에 젖어 있었을 뿐 아니라 전통적 글쓰기에서 벗어나려는 새로운 시도를 보여주었다. 이러한 개혁의 의지는 신소설, 신비평 등과 더불어 연극의 새로운 지평을 열게 된다.

1950년 이오네스코의 「대머리 여가수」가 출생증명서가 된 새로운 연극은 '부조리 연극', '조롱의 연극'으로도 불리어진다. '부조리 연극'이라는 표현은 마틴 에슬린이 자신의 저서 『부조리 연극』에서 베케트, 이오네스코, 아다모프 등의 연극을 지칭하기 위해 사용한 용어이다. '부조리 연극'이라는 용어는 학파도, 그룹도 형성하지 않고 작품들도 각자 다른 특성을 지니고 있는 이 작가들의 작품을 뭉뚱그려 부른 용어이다. 물론 작가들 모두 그런 표현으로 불리길 원하지 않았으며 특히 이오네스코는 자신의 연극이 '부조리 연극'보다는 '조롱의 연극'으로 표현되기를 원했다.

그 시대의 지배적인 연극경향을 거부하는 그들의 작품에서 공통점을 찾아본다면, 첫째, 작품들이 깊은 부조리의 감정에 젖어 있다는 것이고 둘째, 전통적으로 준수되어 온 극작법에 문제를 제기한다는 점이다. 그들 모두 인간존재의 부조리성 앞에서 느끼는 형이상학적 불안감을 작품의 주제로 다루며 비극적이고 조롱 섞인 방식으로 인간의 고독과 실존의 무의미함에 대해 의문을 던지며 문제화하고 있다.

부조리라는 용어가 문학에 등장한 것은 카뮈Camus, 1913~1960와 함께이다. 그는 『시시포스 신화Le Mythe de Sisyphe』1942에서 시시포스라는 신화적 인물을 통해 인간조건의 부조리함을 이야기한다. 시시포스는 신들의 분노를 사서 바위를 산꼭대기로 굴러 올리면 그 무게 때문에 아래로 다시 떨어지고 그러면 다시 바위를 꼭대기로 올려야 하는 의미 없는 작업을 계속해야 하는 가혹한 형벌을 받았다. 신들이 가혹하다고 생각해서 만들어낸 이 끔찍한 형벌에서 카뮈는 이 땅에 살고 있는 인간의 부조리한 실존의 모습을 본다. 사르트르Sartre, 1905~1980도 자신의 소설 『구토La Nausée』1938에서 인간조건의 부조리성에 관해서 이야기한다. 사르트르는 실존주의와 그 철학적 이론을 세운 사람으로 개인의 자유와 책임을 통해서 인간 실존의 부조리성을 넘어설 수 있다고 언급한다.

이오네스코는 1909년 태어나서 제1차 세계대전 때 네 살이었으며, 제2차 세계대전이 발발했을 때 서른 살이었다.

두 전쟁, 특히 제2차 세계대전의 상처는 그의 영혼에 깊이 각인 되었으며 그때의 불안과 고통이 평생 동안 그를 따라다녔다. 그는 루마니아와 나치, 가난, 전체주의 제도의 독재, 추방의 위협, 히틀러주의자들의 야만성을 경험했으며 수백만의 전사자들이 생기고 유태인이 대량학살 되는 것을 보았다. 그러한 상황에서 삶이 부조리하다는 감정을 어떻게 가지지 않을 수 있었겠는가?

'신연극' 작가들에게서 공통점을 찾아보면 그들의 작품이 그 당시 세계의 많은 사람들이 느끼는 근심과 공포, 감정과 사상을 아주 섬세하게 반영하고 있다는 점일 것이다. 이오네스코의 「대머리 여가수」는 이러한 경험을 바탕으로 하고 있다. 그의 연극은 진부한 일상의 상황과 그 우스꽝스러움을 통해 인간의 고독과 존재의 무의미함을 보여준다. 이오네스코뿐만 아니라 베케트, 아다모프, 주네 같은 새로운 연극을 추구하던 아방가르드 극작가들 모두 존재의 부조리함에 직면한 인간의 불안감을 작품의 주제로 다루고 있다. 그런 의미에서 그들은 삶의 부조리성을 밝혔던 카뮈와 사르트르의 실존적 연극을 계승하는 측면이 있으며 '신연극'이라는 명칭과 더불어 동일하게 주어졌던 '부조리극'이라는 명칭도 여기에서 그 의미를 찾아볼 수 있다.

그러나 사르트르와 카뮈는 기존의 협정적 극작법과 합리적 체계를 준수하며 이러한 주제를 전개하고 있는 데 비해, '신연극' 작가들은 같은 주제를 기존의 극작법과 완전히 다른 표현방식을 통해 표현한다. 카뮈는 의미를 잃은 세계를, 합리적이며 논증적인 스타일과 엄격한 구성을 지닌 작품 속에서 증명하려고 한다. 카뮈의 스타일과 논증 전개를 엄밀히 분석해보면, 논리적 전개가 타당한 해결책을 가져올 수 있으며, 언어가 그 기본적 도구가 될 수 있다는 믿음이 바탕하고 있음을 알 수 있다. 그와 달리 '신연극'은 인간존재의 부조리성에 대해 토론하지 않으며, 논리적으로 증명하려고 하지 않는다. '신연극'은 부조리를 그저 구체적 상황으로 제시한다.

기존의 작품이 노련한 솜씨로 구성된 줄거리, 섬세한 인물묘사, 짜임새 있는 구성과 설득력 있는 결말, 뚜렷한 문제성, 재치 있는 언어와 잘 다듬어진 대화를 제시하고자 했다면 '신연극' 작품들에는 뚜렷한 줄거리나 기교도 들어 있지 않고, 정체성 없는 꼭두각시들 같은 인물들이 횡설수설 요설들만 늘어놓는다. 그것은 아무 일도 시작되지 않고, 아무 일도 일어나지 않고, 아무 일도 진정으로 끝나지 않는 시작도 끝도 없는 연극이다. 의미 없는 실존과 이성이 결여된 세계, 전쟁의 결과인 파손된 인류를 드러내는 것이 문제의 핵심이다.

'신연극'은 연극에 일상적 현실을 반영해야 한다고 생각하지 않는다. 따라서 작품 속의 인물과 그 사회적 행동들을 사실적으로 묘사하려고 고심하지 않는다. 사실성과 줄거리를 거부하는 반反연극이다. 시간은 조롱거리가 되고, 공간은 자주 모호하다. 가장 큰 공격의 대상은 통일성을 잃은 언어이다. 언어가 황당하고 혼란스런 말장난처럼 보인다. 언어에 대한 불신은 발설언어가 사회에서 통용되는 의미나 개념은 전달할지 모르지만 인간존재의 본질을 온전하게 드러내지 못한다는 인식에서 비롯된다. '신연극' 작가들은 모두 언어가 인간들 사이의 진정한 의사소통 수단이라고 보지 않는다. 그들은 자신들의 깊은 불안과 불확실성의 감정을 담은 정체성 없는 인물들을 창조하는데 그들의 낯선 언어는 인간이 처한 깊은 고독을 대변해 주는 요소가 된다.

이오네스코의 첫 작품 「대머리 여가수」도 바로 언어에 대한 이러한 인식을 바탕으로 하고 있다. 정체성 없는 인물들은 의미가 없는 문장, 단어, 음절들로 대화를 이어간다. 수수께끼가 되어버린 이 언어를 들으며 망연자실한 관객들 앞에서 「대머리 여가수」의 하녀는 스스로를 셜록 홈즈로 자처하면서도 "도대체 이런 혼란의 지속이 누구에게 유리할까요? 그건 저도 모릅니다. 알려고 하지 말죠. 뭐든 있는 대로 그냥 놔두자고요"라고 말한다. 언어는 매 순간 번복되고 모순된다.

「대머리 여가수」는 인간의 비논리성과 부조리함을 언어라는 주제와 표현을 통해 분명하게 그려낸 작품이다.

'신연극'은 인간들 사이의 소통이 불가능한 세계를 분명하게 보여준다. 극작가들은 상투적인 표현들, 해체된 문장들, 어휘들의 편집광적인 기계성, 의성어 사용 등 여러 기법을 통해 언어가 소통의 도구가 되기는커녕 오히려 인간들 사이의 진정한 소통을 성립시키지 못하는 장애물임을 보여준다.

에마뉘엘 자카르Emmanuel Jacquart는 자신의 『조롱의 연극』

에서 "베케트, 이오네스코, 아다모프는 삶에 대한 비극적 감
정에 젖어 있었으며 그것에 대해 소롱으로 대응했다"고 쓰
고 있다. 어쨌든 인간조건의 비극적 상황이 아주 특별한 웃
음으로 표현된다. 그의 연극은 웃게 만들며 동시에 생각하
게 만든다. 이오네스코가 자신의 작품에 〈반희곡〉, 〈희극
적 드라마〉, 〈비극적 소극〉이라는 이름을 붙이게 된 것도
그러한 이유 때문이었다. 이오네스코는 자신의 작품을 분류
하는 데 '부조리'라는 표현보다는 '낯섦'이라는 용어를, '부조
리 연극'이라는 용어보다는 '조롱의 연극'이라는 용어를 더
욱 좋아했다. 이 표현은 사르트르나 카뮈 식 '부조리'의 의미
에서 벗어나 삶의 무의미성에 대해 웃고, 조롱하는 다소간
의 경멸을 내포하고 있기 때문이다.

3

1950년 「대머리 여가수」

「대머리 여가수」[3] 읽기

등장인물　　스미스, 스미스 부인, 마틴, 마틴 부인, 하녀, 소방대장

1장　　스미스는 영국식 안락의자에 앉아 영국식 담배를 피우며 영국식 신문을 읽고 있고, 스미스 부인은 영국식 양말

---

[3]_ 이 책에서는 외젠 이오네스코, 대머리 여가수, 오세곤 옮김, 민음사, 2003을 번역본으로 인용하였음.

을 꿰매고 있다. 긴 '영국식 침묵' 이후에 영국식 추시계가 '영국식 종'을 열일곱 번 울리자 스미스 부인은 9시라고 말한다. 그녀는 저녁에 먹은 수프, 생선, 감자튀김 얘기, 모퉁이 식품가게의 기름과 건넛집 가게의 기름 비교, 국에다가 소금을 너무 많이 넣은 얘기, 요구르트가 위장에 좋다는 얘기 등등 수다를 홍수처럼 쏟아 놓는다. 스미스는 파도 속에서 배와 함께 죽는 선장처럼 양심적인 의사는 환자와 함께 죽어야 한다고 부인에게 말한다. 그러고는 신문을 계속 읽으며 신상명세란에 왜 죽은 사람 나이는 밝히고 태어난 사람의 나이는 밝히지 않는지에 대해 의아해 한다.

추시계가 일곱 번 울리고 침묵이 흐른다. 세 번 울리고 또 침묵이 흐른다. 시계가 울리지 않게 되자, 스미스 부부는 보비 왓슨에 대해 이야기한다. 스미스는 보비 왓슨은 이 년 전에 죽었는데 일 년 반 전에 장례식이 있었고 "대영제국에서 가장 멋진 시체"였으며 "죽은 지 4년이나 지났는데 몸이 따뜻했다"고 말한다. 보비 왓슨 부인도 남편과 이름이 똑같은 보비 왓슨이며 그들 부부는 보비 왓슨이라는 이름의 딸과 아들이 있다는 것, 게다가 그들 가족 모두, 즉 백부로부터

백모, 사촌, 할머니, 다른 백부, 다른 사촌, 심지어 개에 이르기까지 모두 이름이 보비 왓슨이라는 것 등등을 말한다.

2장~6장　하녀 메리가 마틴 부부가 왔다고 알리자 스미스 부부는 옷을 갈아입으러 간다. 그동안 마틴과 마틴 부인은 마주보고 앉아 서로를 힐끗힐끗 훔쳐본다. 마틴이 먼저 "어디선가 만났던 것 같다"고 하자, 마틴 부인도 "나도 당신을 어디선가 만났던 것 같아요"라고 대답한다. 그러면서 둘은 맨체스터 출신으로 5주 전에 그 도시를 떠나 8번째 객차, 2등 6번째 칸 기차를 타고 런던으로 왔으며, 런던에서 같은 거리, 같은 번지, 같은 층, 같은 방, 같은 침대에서 살고 있다는 것을 발견하고 그 우연의 일치에 놀란다. 또한 그들은 한쪽 눈이 하얗고 다른 쪽 눈은 빨간 두 살 된 금발의 딸 엘리스가 있다는 것을 확인한다. 시계가 스물아홉 번을 치고 마틴 부부는 둘이 부부 사이가 틀림없다는 것을 확인한다.

7장　옷을 갈아입으러 갔던 스미스 부부가 전혀 옷을 갈아입지 않고 되돌아온다. 스미스 부인은 예의를 차리기 위해 정장으로 갈아입고 왔다고 말하고, 스미스는 마틴 부부에게 4시간이나 늦게 와서 온종일 굶게 만들었다고 화를 낸다. 재미있는 이야기를 해달라는 스미스 부인에게 마틴 부인은 시장에 갔는데 야채값이 매일 오른다는 것, 땅바닥에 한쪽 무릎을 댄 채 허리를 숙이고 있는 사람이 있어서 가 보았더니 풀어진 구두끈을 새로 매고 있었다는 이야기를 하니까 세 사람 모두 "세상에" 하며 놀란다. 그때 초인종이 울려서 스미스 부인이 나간다. 그런데 아무도 없다. 똑같은 일이 세 번 반복되자 그들은 "경험상, 문에 초인종 소리가 나면 절대 아무도 거기에 없다"는 결론에 이른다. 네 번째 초인종 소리가 나자 스미스 씨가 문을 열러 나갔는데, 그는 소방대장과 함께 들어온다.

8장~9장　소방대장은 혼자서 머리도 꼬리도 없는 말도 안 되는 몇 개의 '체험 우화'를 소개한다. 유리가루를 너무 많이 먹은 수놈 송아지가 암소를 낳은 '개와 소 이야기', 개처럼 보이고 싶어 했지만 실패한 '수탉', 돈 달라는 뱀의 청을 거절하고 달아나다가 이마를 정통으로 맞아 "난 네 딸이 아

니야"를 외치며 산산조각이 난 여우 이야기 '뱀과 여우', 집
안의 가계를 줄줄이 나열하다가 "캐나다에서 그 여자_{금발의 여}
_{교사}의 부친을 키워준 어떤 할머니의 숙부는 목사였는데, 그
목사의 조모께서는 겨울이면, 다들 그렇듯이, 때때로 감기
에 걸렸답니다"로 끝나는 '감기' 등의 일화를 이야기한다.
　이번에는 메리가 소방대장을 위해 '불'이라는 시를 낭송
한다.

수풀 속 모든 게 타오르니

들에도 불

성에도 불

숲에도 불

남자도 불

여자도 불

새들도 불

생선도 불

물에도 불

하늘도 불

재에도 불

연기도 불

불에도 불

온통 다 불

온통 다 불에도 불

10장　메리는 스미스 부부에게 떠밀려 나가고 훌륭한 시라
고 찬미하던 소방대장도 사분의 삼 시간 십육 분 후에 다른
곳에서 불이 날 예정이기 때문에 가봐야 한다고 자리를 뜬
다. 나가기 전 소방대장은 "그런데 대머리 여가수는요?" 하
고 묻는다. 스미스 부인은 "늘 같은 머리 스타일이죠"라고
대답한다.

11장　마틴 부부와 스미스 부부가 다시 이 얘기 저 얘기를
시작한다. 대화라기보다는 각자가 기본적인 사실들을 자신
을 위해 이야기하는 것 같다. "인간은 이동은 발로 하지만
몸은 전기나 석탄으로 덥혀요", "천정은 위에 있고 마루는
밑에 있어요", "시골에 가면 혼자 조용히 있는 게 좋아요" 등

이러한 기본 사실들이 점점 변형되고 상투적 표현들이 뒤죽박죽 섞이면서 대사들이 음성 장난이 되어간다. 논리적 관계가 사라진 대신 반향언어가 자리 잡는다. "전 손수레에 실린 양말보다는 들판에 있는 새가 더 좋아요", "궁전의 우유보단 오두막에서 먹는 고기가 낫죠", "바깥양반 관을 주시면 우리 시어머니 실내화를 드릴게요" 등등.

이어 리듬이 빨라지고 인물들의 말투가 사나워지면서 서로 싸우는 것 같아 보인다.

마틴　　난 정원에서 노래하기보다 토끼 죽이는 게 좋아요.

스미스　　깡총, 깡총, 깡총, 깡총, 깡총.

스미스 부인　　웬 깡통, 웬 깡통, 웬 깡통, 웬 깡통.

마틴　　깡통 아니고 깡총, 깡통 아니고 깡총, 깡통 아니고 깡총, 깡통 아니고 깡총.

…

스미스　　난 옥수수밭 오두막에 살겠소.

마틴　　옥수수밭 옥수수엔 오이가 아니라 옥수수가 열려요.

　　　　옥수수밭 옥수수엔 오이가 아니라 옥수수가 열려요.

옥수수밭 옥수수엔 오이가 아니라 옥수수가 열려요.

스미스 부인　　기린은 귀가 있는데 귀는 기린이 없지.

마틴 부인　　내 팔 건들지 마.

마틴　　내 팔 흔들지 마.

스미스　　팔 좀 나눠. 파리 좀 날리지 마.

마틴 부인　　파리 날잖아.

스미스 부인　　파리 똥 떨어져.

마틴　　파리채 잡아. 파리채 잡아.

스미스　　파리 특공대, 파리 특공대.

마틴 부인　　우주 특공대.

스미스 부인　　우주 정거장.

…

마틴　　쉴리.

스미스　　프뤼돔.[4]

마틴 부인, 스미스　　프랑수아.

4_ 쉴리 프뤼돔Sully Prudhomme, 1839~1907: 프랑스 시인.

스미스 부인　　코페.[5]

　　　　　　　　…

스미스 부인　　크리쉬나무르티, 크리쉬나무르티, 크리쉬나
무르티, 크리쉬나무르티.

스미스　　교황이 교란됐다. 교황엔 교각이 없다. 교각엔 교
황이 있다.

마틴 부인　　바자, 발작, 바젠.

마틴　　비자르, 보자르, 베제르.

스미스　　아, 세, 이, 오, 우, 아, 세, 이, 오, 우, 아, 세, 이, 오, 우.

마틴 부인　　비, 시 디, 휘, 기, 리, 미, 니, 피, 히, 시, 티 비,
지, 쥐.

스미스 부인　　(기차를 흉내내며) 칙칙, 폭폭, 칙칙, 폭폭, 칙
칙, 폭폭, 칙칙, 폭폭, 칙칙, 폭폭.

스미스　　그.

마틴 부인　　쪽.

---

[5] 프랑수아 코페François Coppée, 1842~1908: 프랑스 시인.

마틴   아.

스미스 부인   냐.

스미스   이.

마틴 부인   쪽.

마틴   이.

스미스 부인   야.

급기야 문장이 해체되고, 낱말들이 고함, 소리, 음절, 자음과 모음으로 터져 나온다. 인물들은 광분해서 서로의 귀에다 대고 "그쪽 아냐, 이쪽이야, 그쪽 아냐, 이쪽이야, 그쪽 아냐, 이쪽이야, 그쪽 아냐, 이쪽이야, 그쪽 아냐, 이쪽이야"라고 고래고래 고함을 지른다.

불이 꺼졌다가 다시 조명이 들어온다. 마틴 부부가 처음의 스미스 부부의 대사를 그대로 하며 막이 내린다.

「대머리 여가수」의 기원

이오네스코는 『노트와 반노트』에서 어떻게 「대머리 여가수」를 쓰게 되었는지 그 동기를 특유의 유머를 가지고 설명한다. 그는 1948년 영어를 배우기로 마음먹고 셰렐Chérel의 교재 『쉬운 영어』를 선택한다. 교재에서 끌어낸 문장들을 외우기 위해서 베끼면서 영어를 배우기보다는 새로운 사실을 주목하게 된다.

1948년, 내 첫 희곡 「대머리 여가수」를 쓰기 전에는 극작가가 되고 싶은 생각이 없었다. 단지 영어를 배울 생각이 있었을 뿐이다.

… 9년 전인가 10년 전인가 영어를 배울 요량으로 초급 프랑스어-영어 회화교재를 한 권 샀다. … 교재의 문장들을 암기하기 위해 꼼꼼히 베껴 쓰기를 한 다음 써놓은 것을 다시 읽었을 때, 난 영어는 배우지 못했지만 놀라운 사실을 배웠다. 예를 들면, 이미 알고 있었던 사실이지만 일주일은 7일이라는 것, 아래에는 바닥이, 위에는 천정이 있다는 것 등을 말이다. 내가 노트에 베껴 쓴 것이 불어로 번역된 짧은 영어 문장이 아니라 논란의 여지가 없는 본질적인 진실이라는 것을 인식하게 되었다.

… 이렇게 보편적인 진실 말고도 교재 저자는 나에게 특별한 진실을 알려주었다. 저자는 … 그것들을 대화체를 통해 표현했다. 3과에서는 실질적 인물인지 허구적 인물인지 알 수 없는 두 인물, 영국 부부인 스미스 부부가 등장한다. 놀랍게도 스미스 부인은 자기 남편에게 그들이 자식을 여럿 두었고, 런던 교외에 살고, 성이 스미스고, 스미스는 사무원이며, 메리라는 이름의 영국 하녀와 마틴이라는 이름의 20년 지기 친구들이 있다는 것, 그들의 집은 궁전인데 '영국인의 집은 진짜 궁전이기 때문'이라고 알려준다.

… 그러한 영감을 받고난 다음 … 나는 영어를 배우는 것이 문제가 아니라 … 이 시대 사람들에게 불영 대화 교재가 인식하게 해준 본질적인 진실을 전해주고 싶은 더 큰 야심을 가지게 된다. 스미스, 마틴 부부가 나누는 대화는 바로 연극이었다. 연극은 대화니까. 이렇게 해서 전형적인 언어 교육적 대본이라고 할 수 있는 「대머리 여가수」를 쓰게 되었다.

— 「노트와 반노트」

이오네스코는 영어를 배우기 위해 문장을 베껴 쓰고 다

시 읽으면서 그 영어교재에서 세 가지 재료, 즉 소방대장을 제외한 인물들, '상투적인 문구'들의 체계적 사용, 그리고 연극이라는 장르에서 영감을 얻어 「대머리 여가수」를 쓰게 된다. 이오네스코는 연극이란 장르에 크게 끌리지 않았던 것 같다.

> 난 가끔, 내가 연극을 싫어했기 때문에 희곡을 쓰게 된 게 아닌가 생각한다. 문학작품과 에세이를 읽고, 영화를 즐겨 보러 갔다. 가끔 음악도 듣고 화랑에도 들락날락거렸지만 연극을 보러 극장에는 절대 가지 않았다.
>
> — 『노트와 반노트』

그는 배우들의 연기가 늘 '불편하고' '가식적'이라고 느꼈는데 뜻밖에도 생각지도 않던 희곡을 한 편 쓰게 되면서 세계적으로 유명한 극작가가 되었다. 「대머리 여가수」를 썼을 때 그는 서른여섯 살이었다. 한 작가가 오랫동안 쌓아온 창조력이 탐색과 모색의 세월을 거친 후 어떻게 갑자기 그에 알맞은 표현형식, 즉 대화 형식을 찾게 되었는지의 예를 그에게서 보게 된다. 영어교재에 나오는 상세한 대화가 그에게 자신의 참된 소명, 그때까지 그의 마음에 들지 않았던 연극에 대한 소명을 일깨워주었던 것이다. 그다음, 루마니아에서 프랑스어를 가르치며 학교 교재에서 문법이나 관용구를 가르치기 위해 사용하던 문장들의 부조리함을 잘 알고 있었던 이오네스코는 문득 그 상투적인 문구들을 새롭게 발견하게 된다. 그는 현실을 축소하고 왜소하게 만드는 사실주의 방식보다는 연극의 효과를 극대화하고 일상의 상투어들을 부조리할 정도로까지 밀고 나간다. 그 이후의 창조와 숙성 작업은 마치 무의식의 과정처럼 보인다.

이상한 현상이 일어났다. 무슨 일인지 모르지만 텍스트가 내 눈 앞에서 내 의지와 달리 현저하게 변형되었다. … 내가 정확하게 정성스럽게 베끼던 교재의 대사들이 하나하나 탈이 났다. 일주일의 7일은 월, 화, 수, 목, 금, 토, 일이다 같은 절대적으로 확실한 사실이 훼손되어 내 주인공인 스미스는 일주일이 화요일, 목요일, 화요일 3일이라고 가르쳤다. 마틴 부부, 남편과 아내 같은 내 인물들은 기억상실증에 걸려서 매일 서로 보고 이야기를 나누면서도 서로를 알아보지 못했다.
… 그들이 나누던 기초적인 진실들이 … 궤도를 이탈했다.
… 말이 터무니없어지며 의미를 잃었다. 모든 것이 동기를
알 수 없는 논쟁으로 끝났다. … 일종의 현실 붕괴가 일어났
다. 단어들은 의미 없는 소리 껍데기가 되었다. 물론 인물들
도 영혼을 잃었다.

—『노트와 반노트』

회화교재는 교육적 필요성에 따라 구성된 만큼 현실에서
와 같은 자연스럽고 논리적인 대화를 보여주지 못한다. 「대
머리 여가수」는 회화교재에서 다루고 있는 음식, 집, 건강,
인척관계, 시간 등과 같은 테마들을 대화 소재로 끌어오고,
긍정과 부정, 비교급과 최상급 같은 문법과 관용적 표현의
사용, 쉽게 알아볼 수 있는 마틴과 스미스라는 영국의 전형
적인 성의 사용, 영국 문화 연구 등을 많은 부분 활용하고
있다. 그렇지만 「대머리 여가수」와 『쉬운 영어』교재 사이의
차이는 크다. 이오네스코는 한때는 의미를 전했던 회화교재
의 상투적인 문장들을 의미가 빠져버린 경직된 형식으로 만

든다. 인물들이 주고받는 기본적인 사실들이 종잡을 수 없게 된다. 사람들은 '영국식 물'을 마시고 '위상과 맹장과 신장과 신앙'에 좋은 '루마니아 민속 요구르트'를 먹는다. 개성을 잃어버린 6명의 꼭두각시 같은 인물들이 등장하고, 알맹이가 빠진 부조리한 말들은 동기를 알 수 없는 논쟁으로 끝나게 된다. 언어 자체를 해체해 연관성 없는 단어의 파편들로 만들다가 급기야는 음절이나 자음과 모음으로 쏟아 놓게 된다. 이오네스코는 언어 학습을 거칠게 몰아붙이면서 교육적 논리를 훼손하고 효과를 극대화하면서 언어를 산산조각 낸다.

그는 작품을 끝내고 나서 무언가 '언어의 비극' 같은 것을 쓴 것에 대해 자부심을 느끼게 되었다고 밝히고 있다.

「대머리 여가수」라는 제목은 처음에는 「쉬운 영어*L'Anglais sans peine*」, 「1시간 영어*Une heure d'anglais*」, 「영국시간*L'Heure anglaise*」, 「미친 빅벤[6]*Big Ben folies*」 같은 제목이 될 뻔했다. 이

6_ 영국 국회 의사당 탑 위의 시계와 시계탑.

러한 제목들은 회화교재와 직접적으로 관련된 제목들이었
다. 이오네스코는 자기 작품을 영국인들에 대한 풍자로 여
기게 될까봐 염려했던 것으로 보인다. 그는 어떻게 '대머리
여가수'라는 제목을 발견하게 되었는지를 다음과 같이 설명
하고 있다.

> 소방관 역할을 훌륭하게 연기했던 앙리-자크 위에Henri-
> Jacques Huet가 최근 연습에서 말실수를 했다. 소방대장이 말
> 하는 길고도 핵심 없는 일화인 '감기'의 독백을 낭독하면서
> '금발의 여선생institutrice blonde'이라고 해야 할 부분을 '대머리
> 여가수cantatrice chauve'라고 잘못 발음했다. 난 "그걸 제목으
> 로 하면 좋겠어"라고 소리쳤다. 그렇게 해서 '대머리 여가수'
> 가 작품의 제목이 되었다.
>
> — 『노트와 반노트』

왜 이오네스코는 단번에 이런 제목을 선택하게 되었을까?
일반적으로 여가수가 대머리인 경우는 없으니까 이 두 단
어의 결합이 주는 이상함이 그의 마음에 들었을 수 있다. 그

러나 무엇보다 이 제목은 전통 연극에 반대하는 '반희곡anti-pièce'을 쓰는 작가에게 '반反제목'의 의미를 띤다. 종래에서는, 작품의 제목이 어떤 인물을 지칭하는 형식이라면 그 인물은 해당 작품에 등장하거나 주인공이거나(르 시드, 타르튀프, 페드르, 뤼 블라스, 카리귤라 등) 하였다. 그런데 여기서는 그 어떤 경우도 아니다. 대머리 여가수는 끝까지 나타나지 않고 10장에서 소방대장이 나가며 한 번 언급할 뿐이다.

소방관　　(출구로 향하며 멈춘다.) 그런데 대머리 여가수는요?

(전체적 침묵, 어색함)

스미스 부인　　그녀는 늘 같은 방식으로 머리를 해!

(10장)

물론 알퐁스 도데의 『아를르의 여인L'Arlésienne』이나 베케트의 「고도를 기다리며」 같은 작품에서처럼 보이지 않는 인물들을 환기시키는 작품들이 있다. 그렇지만 이런 작품에서는 인물이 보이지 않더라도 이야기 속에서는 역할을 가지고 존재한다. 「고도를 기다리며」에서 이 부재하는 인물 '고도'

는 그를 기다리는 거지들에 의해 끊임없이 환기된다. 그렇지만 대머리 여가수는 단 한 번 언급될 뿐이고 작품에서 어떤 역할도 하지 않는다. '대머리'라는 표현은 사람들이 '여가수'에 대해 가지게 되는 이미지와도 전혀 어울리지 않아서 기이하고 낯선 느낌을 준다. "그녀는 늘 같은 방식으로 머리를 해"라는 스미스 부인의 대답은 그 인물의 무용성과 부조리한 성격을 더욱 강화시킨다.

4

인물들의 상징성

「대머리 여가수」에는 스미스, 스미스 부인, 마틴, 마틴 부인, 하녀 메리, 소방대장, 6명의 인물이 등장한다. 작품은 전형적인 영국 중류 가정의 실내에서 스미스 부부의 평범한 일상 이야기로 시작된다. 작가들은 일반적으로 작품에 등장하는 인물들의 성격을 특징지을 수 있는 이름을 찾으려고 애쓰기 마련이다. 그런데 '스미스'나 '마틴' 같은 이름은 아주 일반적이고 평이한 이름이라서 어떤 특별한 개성을 지닌 개인이라기보다는 불특정 다수의 중간 계층을 의미하는 것처럼 보인다.

이름이 주는 느낌처럼 스미스 부부의 존재는 평범하고 인습적이다. 부부는 1장의 대부분을 식사와 그것으로 인한 생리적 결과에 대해 이야기한다. 스미스 부인은 생선을 여러 번 먹었는데 그게 화장실에 가는 데 도움이 되었다고 말한다. 첫 지문도 이들 부부가 신문을 읽는 것과 양말을 꿰매는 것으로 시작된다. 그러나 부부가 일상생활을 이야기하고는 있지만 서로 의사소통이 되고 있지 않는다는 것을 금방 발견할 수 있다. 스미스는 자기 부인의 말을 듣지 않는다. 작품 내내 서로 각을 세우고 세부적인 사실들에서 일치를 보는 경우가 없다. 스미스는 부인의 질문이 "말도 안 된다"고 주장하며 "미소를 짓는 데" 비해, 그녀는 "기분이 상해" 있다. 그들은 "여보"라고 서로 다정하게 부르면서 서로를 비난하고, 스미스는 부인을 '지겨운 인간'으로, 스미스 부인은 남편을 '멍청한 인간'으로 취급한다. 7, 8장에서는 초인종 소리로 한바탕 언쟁을 벌이고, 마지막 장에서는 다른 인물들과 함께 "서로의 귀에다 고함을 지르는" 광분의 장면에 합류한다.

인물들에게서 심리적 변화가 느껴지지 않고 행동에서도 일관성을 찾아볼 수 없다. 심하게 언쟁을 벌이다가도 금방 태도를 바꾸기 일쑤다. 예를 들면, 1장 끝에서 스미스 부인은 격렬하게 화를 내며 "양말을 아주 멀리 내던지고 이빨을 드러내 보인다." 그렇지만 그녀는 "그녀의 허리를 잡고 포옹"하며 자러가자는 남편의 애무에 아무런 반대 없이 자신을 맡기는 것을 볼 수 있다.

부부의 나이도 짐작할 수가 없다. 스미스는 부인과 자기가 '웃기는 늙은 연인 커플'이라고 말하지만 초반 지문에는 '영국식 작은 회색 코밑수염'을 하고 슬리퍼를 신고, 신문을 읽으며, 파이프 담배를 피우고, 정해진 시간에 꼭 식사를 하는 인물로 두 살짜리 딸이 있는 것으로 보아 나이가 많지 않음이 암시된다.

마틴 부부는 스미스 부부 집에 초대받아 와서 둘은 같은 맨체스터 출신으로 런던에 왔고, 현재 블룸필드 거리 19번지 5층에 살고 있으며, 이상한 눈 색깔을 가진 엘리스라는 이름의 딸이 있는 부부라는 사실을 발견한다. 이오네스코는 이러한 상황을 개인적 경험에서 생각해내었다고 밝힌다. 그는 어느 날 부인과 전철을 타려다가 많은 사람들 때문에 서로 갈라져 각자 다른 칸에 타게 되었다고 한다. 두세 정거장 가서 승객들이 내리고 객실이 비게 되자 부인이 이오네

스코에게 다가와서 웃기려고 "선생님, 어디서 뵌 분 같은데
요"라고 말했고 바로 그 부분이 마틴 부부가 서로를 알아보
는 장면을 쓰는 데 기원이 되었다고 한다. 부인과의 잠깐 동
안의 장난이 모티브가 되어 이 작품에서는 함께 살고 있는
부부가 서로 남편, 아내 사이라는 것을 알아보지 못하는 부
조리함이 극대화된 상황으로 묘사된다. 마틴 부부는 마침
내 서로가 부부 사이라는 것을 인정하게 되지만 이런 사실
들이 마틴 부부를 이해하는 데 큰 도움이 되지 않는다. 전통
연극에서는 인물들의 정체성이 밝혀지면 그것에 따라 인간
관계가 완전히 변하게 된다. 그렇지만 「대머리 여가수」에서
마틴 부부는 서로 부부 사이임을 알아차리고도 이때까지와
똑같은 가정생활로 돌아간다. 서로를 알아본 장면이 나머
지 줄거리와 아무런 관련도, 결과도 없는 쓸데없는 여담처
럼 보인다. 부부는 서로 이방인일 따름이다. 기억력에 이렇
게 커다란 구멍이 뚫린 부부에게 어떤 의미를 발견할 수 있
을까? 그들 또한 스미스 부부처럼 고유한 개인성을 찾아보
기 어렵다. 스미스 부부와 마찬가지로 마틴 부부도 논리적
사유를 할 수 없는 인물이다. 그들은 연역도 하고 귀납도 하

지만 늘 비상식적인 결론에 이른다. 그들의 방식은 쓸모가 없고 그로테스크하다. 대화 주제를 던질 능력도 없어서 초인종 사건 때도 마틴 부인은 스미스 부인 쪽에 서고, 마틴은 스미스와 의견을 같이한다.

마틴   여인들은 꼭 이렇게 편을 들더라고요.

…

스미스 부인   쳇, 남자들은 언제나 우겨대죠. 꼭 틀리면서.

(7장)

그러나 그들의 연대는 소방대장이 나타나자 달라진다. 두 부부는 예의상 소방대장에게 일화를 이야기해달라고 청하지만 그가 승낙하자,

스미스   (마틴 부인의 귀에 대고) 승낙했어요. 보나마나 지겨울 텐데.

마틴 부인   글쎄 말이에요.

스미스 부인   이런, 너무 예의를 지켰나?

그들은 예의상 청했을 뿐, 결코 소방대장이 일화를 풀어내기를 원하지 않는다. 그런 위선 속에서의 공범의식이 스미스 부부와 마틴 부부를 연결한다. 마지막 장에서 그들도 스미스 부부와 함께 속담 뜯어내기와 전체적인 광분의 장면에 참여해서, "그쪽 아냐, 이쪽이야, 그쪽 아냐, 이쪽이야, 그쪽 아냐, 이쪽이야, 그쪽 아냐, 이쪽이야, 그쪽 아냐, 이쪽이야!" 라고 "서로의 귀에다 고함을 지른다."

그러고는 갑자기 대사가 중단되고 조명이 들어오면서 마틴 부부가 첫 장면의 스미스 부부처럼 앉아 있다. 연극이 다시 시작되며 마틴 부부가 최초 스미스 부부의 대사를 그대로 되뇌는 가운데 서서히 막이 내린다. 마틴 부부나 스미스 부부나 아무런 특징이 없기는 마찬가지이다. 스미스 부부가 마틴 부부 역할을 하나 마틴 부부가 스미스 부부 역할을 하나 아무런 차이가 없다. 그들은 서로 교환해도 무방한 인물들이다.

그들은 존재할 줄 모른다. 존재하지 않으므로 그들은 그 누구로도, 그 어떤 것으로도 변화될 수 있다. 그들은 타인이고 비인칭 세계일 뿐이며 서로 교환이 가능한 인간이다.

―『노트와 반노트』

하녀는 두 부부와 대조를 이룬다. 메리라는 그녀의 이름은 스미스와 마틴 같은 이름처럼 영국에서 흔한 이름이다. 그녀 역시 정체성이 불확실하다. 그녀는 자신의 진짜 이름은 셜록 홈즈라고 말한다. 그녀는 성이 아니라 직접 이름으로만 지칭된다는 점에서 사회적 신분이 암시된다. 19세기와 20세기 초에는 주인이 하녀 이름만 불렀다. 메리는 전형적인 하녀이다. 그녀가 오후 휴가를 보내는 방식은 통속 연극에서 흔히 볼 수 있는 하녀들의 일상적 모습 중의 한 부분이다.

메리　오후엔 정말 즐거웠어요. 어떤 남자하고 영화관에 가서, 여자들하고 영화를 봤거든요. 영화관을 나와선 코냑하고 우유를 마셨고, 그러고 나서 신문을 읽었고요.

(2장)

주인이 하녀에게 권위를 드러내는 부분들도 있다.

스미스 부인　… 온종일 쫄쫄 굶었다고. 집을 비우면 어떡해?

메리　그러라 그러시고서.

스미스　고의로 그런 건 아니야.

(2장)

그 말에 메리는 상당히 모순되는 감정을 드러낸다. 메리는 "웃음을 터트린다. 그러곤 운다. 그러곤 미소 지으며" "요강을 사는" 일을 했다고 가장 불쾌한 잡일을 해야 하는 것을 상스럽게 표현한다. 또한 혼자 있을 때를 이용해 자기 주인의 손님들에게 말을 걸고 심지어 협박까지 한다. "왜 이렇게 늦으셨어요? 예의 없이. 시간을 지켜야죠. 어쨌든 저기 앉아서 좀 기다리세요"3장.

메리가 거실에서 손님들에게 말을 거는 것이 주인에게는 말도 안 되는 일로 받아들여진다. 스미스 부인은 "어딜 끼어들어?"라고 핀잔을 주고, 예의도 없고 "초등교육도 못 받은 여자"라고 비웃는다. 마틴 부인은 자신과는 "상관없는 일이지만, 하녀는 어쨌든 하녀"일 뿐이라고 말한다. 쁘띠 부르주아와 하녀의 세계가 뚜렷하게 구별된다. 그녀가 낭송하는 시도 횡설수설하기는 다른 인물들의 '일화'와 다를 바 없지만 그녀는 부엌으로 가서 시를 읊으라는 소리를 듣는다. 그녀가 방 밖으로 떠밀려나가며 시를 읽는 것은 단지 그녀의 사회적 신분 때문이다.

관습적이고 겉만 번지르르한 부르주아 사회에 대한 비판이 작품 곳곳에 드러난다. 7장은 부르주아들 사회모임에 대한 풍자를 보여주는 장이다. 초대한 손님들에게 공손해야 할 하녀가 손님들과 싸우고, 자기 주인이 손님을 맞으러 올 때까지 앉아서 기다리라고 강요한다. 또한 주인은 손님들이 늦게 왔다고 노발대발한다. 부부들 사이의 대화는 침묵과 망설임으로 점철되고 불편한 감정이 고조된다.

스미스 부부는 손님들과 마주보고 앉는다. 시계의 종소리는 경우에 따라 적당한 힘으로 대화를 강조하다가 대답을 강조하다가 한다. 마틴 부부, 특히 마틴 부인은 거북하고 소심한 태도를 보인다. 이 때문에 대화는 어렵게 시작되며, 처음에는 단어도 힘들게 나온다. 우선은 거북한 긴 침묵, 이어 또 다른 침묵과 망설임.

(7장)

대화 사이에 '침묵'이 무려 19번이나 반복된다.

마틴　　우린 감기가 들었어요.

　　　　(침묵)

스미스　　춥지는 않은데요.

　　　　(침묵)

스미스 부인　　외풍도 없고요.

　　　　(침묵)

마틴　　네, 다행이죠.

　　　　(침묵)

스미스　　에이, 이런, 에이.

　　　　(침묵)

마틴　　무슨 걱정이라도?

(침묵)

…

스미스　감정엔 나이가 없어요.

(침묵)

마틴　맞아요.

(침묵)

스미스 부인　그렇다더군요.

(침묵)

마틴 부인　정반대 얘기들도 하던데요.

(침묵)

스미스　그 둘 중에 진리가 있겠죠.

(침묵)

마틴　맞습니다.

(침묵)

(7장)

대화가 힘겹게 이어지는 가운데, 그들은 야채값이 매일 오르는 일, 땅바닥에 한쪽 무릎을 댄 채 구두끈을 매고 있는 사람, 지하철에서 조용히 앉아 신문을 읽고 있는 사람의 이야기를 마치 굉장한 사건인 것처럼 얘기한다. 식사시간에 대화를 지속시키기 위해 소방대장에게 '일화'를 얘기해보라고 요청하지만 그가 늘어놓는 '일화'들은 진부하고 무의미하다. 이 모든 장면들이 부르주아 저녁식사 초대에서 이루어지는 대화의 공허함과 부르주아 사회의 관례와 위선을 잘 보여준다.

「대머리 여가수」에서 직업과 관계되는 인물은 하녀와 소방대장이다. 소방대장은 스미스와 마틴 부부의 세계에도 속하지 않고 하녀의 세계에도 속하지 않는 인물이다. 스미스와 마틴 부부는 직업적이 아닌 활동에 사로잡혀 있어서 그들이 어떤 직업에 종사하는지를 전혀 알 수가 없다. 그런데 소방대장은 번쩍거리는 커다란 헬멧을 쓰고 제복 차림으로 등장한다. 그는 끊임없이 자기 직업에 대해 말하고 '불'에 사로잡혀 있는 것 같다.

소방대장은 외부세계와 질서의 대리인으로서 스미스와 마틴 부부에게 현실감각을 불러일으킬 수 있는 인물일 수 있다고 생각되나 결국 이 인물도 다른 인물들과 같은 부류

임이 금방 확인된다. 첫 순간에 이미 말과 행동이 일치하지 않는 인물이라는 것을 주목할 수 있다. '공무公務'로 왔기 때문에 헬멧을 벗고 앉을 시간이 없다고 해놓고는 얘기를 해주겠다며 의미 없는 '일화들'을 장황하게 늘어놓는다. 사람들이 쳐다보자, "저 부끄럼 타는 것 아시잖아요"라고 수줍어하는가 하면, 얘기를 하겠다고 하고서 "귀를 기울이지 않겠다는 약속"을 해달라고 하고, 다른 사람의 얘기를 재미있어 하자 자기는 벌써 아는 얘기라고 샘을 내는 등, 그의 말과 행동은 우리가 일상적으로 소방관에 대해 갖게 되는 생각과 전혀 일치하지 않는다. 성냥가게는 화재보험에 들었기 때문에 자기가 관여할 바 아니고, 자기는 성직자의 불을 끌 권리가 없기 때문에 성직자가 직접 끄든가 아니면 처녀 성직자들한테 끄라고 시킨다거나, 귀화인은 집을 소유할 수는 있어도 불이 나도 진화를 요구할 권리가 없고, 무엇보다도 도시에 화재발생이 프로그램화되어 있어서 사분의 삼 시간 이후 불이 날 예정이라고 가봐야 한다는 등, 그가 하는 일도 종잡을 수가 없다. 부르주아의 실내에 등장한 이 인물과 함께 사람들은 이상하고, 믿을 수 없고, 비합리적인 것이 지배하는 세계 즉 소방대장이 화재가 일어나기를 바라고, 여기 저기 그것을 구걸하러 다니고 화재를 상업적인 일로 생각하는 세계와 마주하게 된다. 이 불안한 징후들과 더불어 세계가 낯설어지면서 스미스 부부의 살롱이 정신병원으로 변화되는 느낌이 들게 된다. 그가 늘어놓는 '체험 우화'들도 무의미하게 전개된다. '우화'란 교훈을 주기 위한 이야기여야 하지만 그의 '체험 우화'들에서는 어떠한 교훈도 끌어낼 수 없다. 거기서는 '종種'들과 정체성과 성과 기능이 뒤죽박죽이 된 무의미에 근거한 뒤집어진 세상이 나타난다. 자기가 코끼리인 줄 알고 코를 빼고 다닌 개 이야기, 수놈인 송아지가 암소를 낳았는데 암소가 그를 '엄마'로도 '아빠'로도 부를 수 없는 이야기, 시청에서 사람과 결혼한 송아지 이야기, 뱀에게 박살난 여우가 "난 네 딸이 아냐" 하고 외친 이야기 등, 이 이야기들은 환상적이고 악몽 같은 현실을 보여준다. 정신분열증 환자와 신경쇠약증 환자, 정신병 환자로 구성된 이 이상한 동물들은 스미스 부부, 마틴 부부, 관객들에게 그들이 미친 언어를 사용할 때처럼 그들 자신들에 대한 정신착란적인 이미지를 보여 준다.

이렇듯 스미스 부부, 마틴 부부, 소방대장이 연극의 보통 인물들처럼 등장하고 퇴장하고 대화를 나누지만 그들을 통해 인물들에 대한 어떤 명확한 정보도 얻을 수가 없다. 「대머리 여가수」의 인물은 모두 정체성이 없다. 그들에게는 전통적 인물들이 가지는 일관성 있는 심리가 없다. 인물들의 정체성을 명확하게 해줄 심리적 핵심이 빠져 있어서 그들의 '성격'과 '개성'을 짐작하기 어렵다. 이름도 그들의 명확한 개인성을 보장해주지 못한다.

작품 시작에 스미스 부부가 나누는 대화의 중심 주제는 모두가 똑같은 이름을 가진 보비 왓슨 가족에 관한 것이다. 보비 왓슨 가족은 모두 이름이 보비 왓슨이고 그들 모두 직업이 외판원이다. 그들처럼 스미스 부부와 마틴 부부도 서로 차이를 구분하기 어렵다. 작품 끝에서 마틴 부부가 첫 장면의 스미스 부부처럼 앉아서 스미스 부부의 대사를 그대로 되뇌며 막이 내리는 것을 보게 된다. 마틴 부부도 오랜 대화 끝에 서로가 부부임을 확인하고 서로의 진짜 이름을 도널드와 엘리자베스로 부른다.

마틴 그럼 이제 의심할 여지가 없습니다. 우리는 분명히 만난 적이 있고, 당신은 제 아내입니다. … 엘리자베스, 다시 만났구려.

마틴 부인 도널드, 바로 당신이었군요.

(4장)

그렇지만 바로 다음 장에서 하녀인 메리는 이러한 확신을 여지없이 무너뜨린다.

메리 지금 두 분은 너무 행복해서 제 애길 못 듣습니다. 그래 비밀을 하나 가르쳐드리죠. 엘리자베슨 엘리자베스가 아니고, 도널드는 도널드가 아닙니다. 왜냐하면 도널드가 말한 애는 엘리자베스의 딸이 아니거든요. 다른 앱니다. 물론 도널드의 딸은 엘리자베스의 딸처럼 한 눈은 하얗고 한 눈은 빨갛죠. 하지만 도널드의 아이는 오른쪽이 하얗고 왼쪽이 빨간데, 엘리자베스 아이는 오른쪽이 빨갛고 왼쪽이 하얗거든요. 결국 도널드의 논증 체계는 이 마지막 장애에 부딪혀 무너지고, 모든 이론이 무산되고 맙니다. 그러니 결정적인 증거로 보이는 이 기막힌 증거에도 불구하고 도널드와 엘리자베스는 같은 아이의 부모가 아니고 따라서 두 사람은 도널드와 엘리자베스가 아닙니다. 자신이 도널드라 믿고, 자신이 엘리자베스라 믿어도 소용없습니다. 또 상대방을 엘리자베스라 믿고, 상대방을 도널드라 믿어도 소용없습니다. 둘 다 완전 착각을 한 거죠. 그럼 누가 정말 도널드고, 누가 정말 엘리자베스일까요?

(5장)

도널드와 엘리자베스는 서로 모르는 사이임에도 불구하고 부부라고 착각한 걸까? 부부이긴 한데 자신들의 이름만 착각한 걸까? 그 어떤 것도 확인할 수가 없다. 「대머리 여가수」에서 인간은 독창적인 개인성이 드러나지 않는 구별이 불가능한 생명체이다. 그의 세계에는 모두가 닮았다. 모두가 보비 왓슨인 가족에게서 어떻게 정체성을 확인할 수 있겠는가? 하녀 메리는 "엘리자베슨 엘리자베스가 아니고, 도널드는 도널드가 아닙니다"라고 말하며 자기의 본명은 '셜록 홈즈'라고 한다. 이름의 구별이 없다는 것은 정체성을 구별할 수 없다는 것이다. 이름뿐 아니라 성적인 정체성도 혼란스럽다. 남녀 사이의 차이도 분명하지 않고 모호하다.

스미스 부인　남자들은 다 똑같아요. 온종일 퍼져서, 담배나 입에 물고, 아님 하루에도 오십 번씩 분칠이나 하고, 립스틱이나 처바르고, 그것도 아님 끝없이 술이나 퍼마시고요.

스미스　정말 여자처럼 하는 남자들을 못 봤군요. 온종일 담배에, 분칠에, 립스틱에, 위스키를 마셔대는.

스미스 부인　불쌍한 여자.

스미스　불쌍한 남자죠.

(1장)

스미스는 자기 부인이 자기보다 훨씬 여성적이라고 말한다.

마틴 부인　(스미스에게) 정말 다들 부러워할 만한 부인을 두셨어요.

스미스　맞아요. 게다가 또 지적이죠. 저보다 더 지적이에요. 또 훨씬 여성적이고요. 다들 그래요.

대부분의 극작가들은 자신들의 인물을 개인화하는 이름을 발견하려고 하고 그들을 믿을 만한 인물로 만들려고 노력한다. 그렇지만 이오네스코의 인물들은 특별한 이름과 개인성으로 구분하기가 어렵고 모호하다. 그 인물들은 존재의 부피를 갖지 않는 꼭두각시들, 교체가 가능한 사물들이다. 그래서 마지막 장은 마틴 부부가 스미스 부부 역할을 하며 시작된다. 부부가 다른 부부가 된다면 스미스 부부는 누구이고 마틴 부부는 누구일까? 확실한 역할이 없는데 이름이 무슨 가치가 있을까? 이 인물들에 대해 이오네스코는 다음과 같이 밝히고 있다.

스미스 부부와 마틴 부부는 말을 할 줄 모른다. 그들은 감동할 줄 모르고 정열이 없기 때문에 사고할 줄 모른다. 그들은 존재할 줄 모른다. 그들은 아무나 될 수 있고 아무것이나 될 수 있다. 왜냐하면 그들은 타인일 뿐이고 개성이 없는 세계일 뿐이고 교환 가능한 존재일 뿐이기 때문이다. 스미스 자리에 마틴을 놓으나 그 반대로 놓으나 차이가 없기 때문이다.

— 『노트와 반노트』

그들은 존재의 무의미함에 대한 이미지 자체이다. 그들은 관습에 젖어 살고 있다. 스미스 부부는 결혼을 했고, 아이가 있으며, 일상의 소소한 일들을 이야기하며 양말을 꿰매고 신문을 읽으며 평범한 일상사로 시간을 보낸다. 이렇게 틀에 박히고 단조로운 생활과는 달리 스미스 부부의 감정은 변화무쌍하고 모순적이다. 겉으로는 부부이나 그들은 서로를 전혀 이해하지 못하는 소통 불가능의 부부이다. 그들은 서로 으르렁대고 싸우다가는 갑자기 애정을 표시하기도 하며 현실적 감정과 사회적 위선 사이에서 모순된 모습을 보인다. 두 부부 사이뿐 아니라 같은 인물 안에서도 감정이 모순되게 표현된다. 스미스 부인은 소방대장이 도착하자 "화가 나서 머리를 돌리고 그의 인사에 대답을 하지 않다가" 조금 후에 "그를 포옹한다." 손님들 앞에서 상냥하고 예의를 보이지만 금방 감정을 드러내며 동물적 공격성을 드러내기도 한다. 마틴 부부도 스미스 부부와 다를 바 없다. 예의 바르고 상냥한 척하다가 공격적이 되고 급기야 스미스 부부와 동일하게 "모두가 함께 분노의 절정에서 서로의 귀에다 고함을 지르고", 마지막 장면에서는 "처음 장에서의 스미스 부부의 대사를 똑같이 말하며" 마틴 부부가 작품을 시작한다. 개인성이 없는 인물들은 모두 똑같이 지겹고 부조리한 실존에 처해 있다.

5
말…, 말…, 말…

오, 말들이여, 너희들의 이름으로
얼마나 많은 죄를 짓고 있는지!

—이오네스코, 「자크 혹은 복종」

우리가 '극 행동' 또는 '줄거리'라는 용어를 사용하려면 작품 속에 일어나는 일이나 사건이 있어야 한다. 그런데 「대머리 여가수」에서 일어나거나 환기되는 사건들은 너무나 미미해서 사건이라고 부를 수가 없다. 가족이 저녁을 먹은 일, '요구르트의 대전문가'인 포페스코 로젠펠트가 콘스탄티노플에서 온 일, 신문에서 보비 왓슨의 오래된 죽음을 알리는 일, 하녀가 요강을 산 일, 한 남자가 구두끈을 매는 것, 다른 남자가 전철에서 조용히 자기 신문을 읽고 있는 일, 할머니가 감기에 걸린 일 등등이 그러하다.

메리와 마틴 부부와 소방대장이 등장해도 변하는 게 없다. 이 작품에는 사건이 없다. 메리가 밝히는 일, 마틴 부부가 서로 부부임을 알아보는 장면도 작품에 변화를 가져오지 않는다. 모든 것이 이전처럼 계속된다. 소방대장의 등장과 함께 초인종에 관한 논쟁은 끝나게 되지만 그 논쟁이 어떤 줄거리의 구성요소라고 볼 수가 없다. 단지 소방대장의 출발이 다른 인물들에게 진짜 영향을 미친 듯 인물들은 언어를 엉망으로 만들면서 마음껏 자신들의 공격성을 토해내게 된다.

진정한 사건이 없는 작품이니만큼 전통 연극에서와 같은 줄거리가 없고 사건의 급변이나 결말도 없다. 이 작품은 언어 잔치와 교환이 가능한 인물들이 다시 작품을 시작하는 것으로 끝을 맺는다. 사건이 거의 없는 가운데 이오네스코가 이 작품에서 가장 드러내고자 했던 문제는 언어의 문제이다. 평생 동안 언어는 그를 사로잡은 가장 큰 관심사 중의 하나였다. 프랑스인 어머니에게서 태어나 두 살 때 프랑스로 건너왔다가 13살 때 어쩔 수 없이 루마니아로 돌아가게 되면서 모국어를 다시 배울 수밖에 없었던 것은 그에게 크

나른 고통의 감정을 줄 수밖에 없었다. 어쩔 수 없이 배우게
된 이중 국어 덕분에 그는 어느 누구보다도 번역이 배반이
될 수 있다는 의식을 가지고 있었다. 평생 동안 선동적 이데
올로기와 싸워온 그로서는 언어가 모순과 오해의 거처로 갈
등과 광기를 몰고 올 수 있으며 마음대로 조작할 수 있는 위
험한 억압과 소외와 자기 상실을 불러올 수 있다는 생각을
하지 않을 수 없었다.

사람들은 언어가 인간의 감정, 사고, 의지를 전달하고 의
사소통을 가능하게 하는 수단으로 믿어왔다. 그렇지만 이오
네스코는 「대머리 여가수」에서 언어에 대한 그러한 확고한
믿음을 흔들며 언어가 얼마나 비합리적으로 사용될 수 있는
지를 그 파괴와 변형을 통해 보여주고 있다. 그는 「대머리
여가수」에서 자기가 사용할 수 있는 모든 무대 수단을 동원
해 언어의 심각한 훼손을 무대화하고 있다. 언어에는 지시
적 기능이 있고, 그걸 통해 우리는 세상의 현실에 대해 말하
게 된다. 단어와 그것이 의미하는 사물을 연결해 주는 것이
바로 이 기능이다. 예를 들어서 '싹sac, 가방'이라는 단어를 사
용하면 프랑스어를 사용하는 모든 사람들은 그 단어가 지칭

하는 것이 어떤 물건인지 안다. 이러한 기능이 「대머리 여가수」에서는 일부분 파괴되어 있다. 예를 들면, 1장에서 스미스 부부가 사용하는 '보비 왓슨'이라는 이름들은 그들이 지칭하는 인물들과 결코 일치되지 않는다. 왜냐하면 그 가족 구성원들의 이름이 모두 '보비 왓슨'이기 때문이다. 그러다 보니 언어가 의미가 없는 일종의 소리로 전락된다. 작품은 이해할 수 없는 문장투성이다.

소방대장　어떤 야채 장수하고 결혼했는데, 어떤 소도시 시장이었던 그 여자의 숙부가 결혼한 금발 여교사의 사촌은 낚시질 어부로 ….

마틴　밤낚시요?

소방대장　메리라는 또 다른 금발 여교사를 부인으로 맞았고, 그 여자 오빠 역시 금발 여교사인 또 다른 메리하고 결혼했는데 ….

스미스　금발이면 당연히 메리겠지.

소방대장　캐나다에서 그 여자의 부친을 키워준 어떤 할머니의 숙부는 목사였는데, 그 목사의 조모께서는, 겨울이면,

다들 그렇듯이, 때때로, 감기에 걸렸답니다.

스미스 부인   어머, 정말이오? 못 믿겠어요.

마틴   감기 환자는 리본을 달아야 돼요.

스미스   소용없는 조심이지만, 그래도 필요하죠.

(8장)

가끔 인물들은 자신들이 들은 것을 반복하는 자동인형들 같다.

마틴 부인   … 제가 맨체스터 출신이니까. …

마틴   거 참, 신기하네요. 저도 맨체스터 출신이에요.

마틴 부인   정말 신기하네요.

마틴   정말 신기해요. … 전 오 주일쯤 전에 맨체스터를 떠났어요.

마틴부인   정말 신기하네요. … 저도 오 주일쯤 전에 맨체스터를 떠났거든요.

…

마틴   거참, 정말 신기하네요. 그럼 아마 기차 안에서 뵌 거겠죠?

마틴 부인　　그럴 수 있죠. 가능해요. 그럼요. … 그런데 전혀 생각이 안 나요.

마틴　　전 이등칸을 탔는데요. …

마틴 부인　　정말 희한하네요. 신기해요. 저도 이등칸을 탔어요.

마틴　　정말 신기하네요. 그럼 아마 이등칸에서 만났나 봐요.

마틴 부인　　그럴 수 있죠. 분명히 가능해요. 하지만 생각이 잘 안 나네요.

　1장에서 스미스 부인이 "요구르트는 위장에 좋고, 맹장, 신장, 신앙에도 좋데요"라고 주장하는데 여기서 신앙apothese라는 용어는 위의 용어들과 아무런 관련이 없다. 그것은 의미소보다는 음성소의 유사함에서 사용되었다. 맹장appendicite은 신앙apothéose의 p와 치음 반복(d, t), a 모음반복, ap로 시작, 음절수가 4음절로 동일함 등 음성학적 유사성에서 사용되었으며, 접미사 -ose는 주로 질병을 지칭하기 위해 자주 사용된다는 것 또한 주목해 볼 수 있다.

또한 텍스트의 음악성이 의미보다 앞서서 언어의 지시적 기능을 무용하게 만들어 버리는 경우들이 많다. 소방대장이 '감기' 일화를 이야기하는 장면 또한 그러하다.

마틴 부인　대장님, 죄송하지만, 전 제대로 못 들었어요. 마지막 '목사prêtre의 조모' 하는 데서부터 헤매는 바람에 s'empêtre.

스미스　목사가 나오니 헤맬 수밖에.

(8장)

이렇듯 대사는 의미보다는 반복되는 음에 따라 기능하고 있음을 볼 수 있다. 말은 이어지지만 줄거리 측면에서는 극이 진전되지 않는다. 대사에서 사고를 연결하는 용어나 표현들이 빠지게 되면서 대사는 나열의 형태를 띠게 된다. 「대머리 여가수」 마지막 장은 의미 없는 문장의 나열로 언어가 점진적으로 파괴되어 가는 모습을 그리고 있다.

마틴 부인　전 오빠한테 주머니칼을 사줄 수 있어요. 하지만 조부님께 아일랜드를 사드릴 수 있으세요?

스미스　　인간은 이동은 발로 하지만, 몸은 전기나 석탄으로 덥혀요.

마틴　　오늘 황소를 팔면, 내일은 달걀 주인이 되죠.

스미스 부인　　인생을 살면서 창밖을 봐야 돼요.

마틴 부인　　아무것도 없는 의자에도 앉을 수 있어요.

스미스　　늘 모든 경우를 생각해야죠.

마틴　　천정은 위에 있고, 마루는 밑에 있어요.

　　　　　　　　　　…

스미스 부인　　학교 선생님은 애들한테 읽기를 가르치지만, 고양이는 어린 새끼들한테 젖을 먹여요.

마틴 부인　　하지만 암소는 우리한테 꼬리를 주죠.

스미스　　시골에 가면 혼자 조용히 있는 게 좋아요.

마틴　　아직 그럴 연세는 아니신데.

스미스 부인　　벤자민 프랭클린이 옳았어요. 당신이 더 흥분 체질이니까.

마틴 부인　　일주일은 어떻게 되죠?

스미스　　월, 화, 수, 목, 금, 토, 일.

...

마틴 부인　　전 손수레에 실린 양말보다는 들판에 있는 새가
더 좋아요.

스미스　　궁전의 우유보단 오두막에서 먹는 고기가 낫죠.

마틴　　영국인들 집은 정말 궁전이에요.

스미스 부인　　전 스페인어를 잘 몰라서 남들이 못 알아들
어요.

마틴 부인　　바깥양반 관을 주시면, 우리 어머니 실내화를
드릴게요.

이렇듯 속담 같지만 실제로는 그렇지 못한 표현들, 서로
관련이 없는 표현들, 동음이의어 말장난에 기인하는 표현
들, 몇몇 속담들은 이미 음의 장난이 되고 있다.

마틴 부인　　전 손수레브루에트에 실린 양말쇼세트보다는 들
판에 있는 새가 더 좋아요J'aime mieux un oiseau dans un champs
qu'une chaussette dans une brouette.

스미스　　궁전빨레의 우유레보단 오두막살레에서 먹는 고기필

레가 낫죠Plutôt un filet dans un chalet, que du lait dans un palais.

마틴　　영국인앙글레들 집은 정말브레 궁전빨레이에요La maison

d'un Anglais est son vrai palais.

"대화가 적의에 찬 어조로 시작하여 적개심과 신경질이 고조되면서" 의미보다는 음성에 따라 작용하는 언어착란이 시작된다.

스미스　　깡총, 깡총, 깡총, 깡총, 깡총, 깡총, 깡총, 깡총, 깡총, 깡총.

스미스 부인　　웬 깡통, 웬 깡통, 웬 깡통, 웬 깡통, 웬 깡통, 웬 깡통, 웬 깡통, 웬 깡통, 웬 깡통.

마틴　　깡통 아니고 깡총, 깡통 아니고 깡총, 깡통 아니고 깡총, 깡통 아니고 깡총, 깡통 아니고 깡총, 깡통 아니고 깡총, 깡통 아니고 깡총, 깡통 아니고 깡총.

           …

마틴 부인　　깡총, 깡충, 껑충, 껑청, 껑껑.

스미스 부인　　깡통 장수, 우릴 깡통 속에 넣으려고?

마틴　황소를 훔치느니 달걀을 낳겠소.

…

스미스　난 옥수수밭 오두막에 살겠소.

마틴　옥수수밭 옥수수엔 오이가 아니라 옥수수가 열려요.

옥수수밭 옥수수엔 오이가 아니라 옥수수가 열려요.

옥수수밭 옥수수엔 오이가 아니라 옥수수가 열려요.

스미스 부인　기린은 귀가 있는데, 귀는 기린이 없어.

마틴 부인　내 팔 건들지 마.

마틴　팔 좀 흔들지 마.

스미스　팔 좀 놔둬. 파리 좀 날리지 마.

마틴 부인　파리 날잖아.

스미스 부인　파리똥 떨어져.

마틴　파리채 잡아. 파리채 잡아.

스미스　파리 특공대. 파리 특공대.

마틴 부인　우주 특공대.

스미스 부인　우주 정거장.

마틴　정거장 내려.

스미스　물 위의 정거장.

마틴 부인　　얼음 위의 정거장

스미스 부인　　조심해. 꺼져.

인물들은 서로의 소리를 듣지 않는다.

마틴 부인　　꿀꿀이 족속들. 꿀꿀이 족속들.

마틴　　뽕뽕이. 뽕뽕이.

스미스 부인　　크리쉬나무르티, 크리쉬나무르티, 크리쉬나무르티.

스미스　　교황이 교란됐다. 교황엔 교각이 없다. 교각엔 교황이 있다.

마틴 부인　　바자, 발작, 바젠.

마틴　　비자르, 보자르, 베제르!

마지막 두 줄에서는 'ㅂ'과 'ㅈ' 자음반복과 'ㅇ'음의 반복을 볼 수 있다. 마틴 부인의 처음 대사에서 이미 모든 인물들이 빠지게 되는 음성적 언어의 홍수에 대한 암시를 볼 수 있다. 스미스와 스미스 부인의 대사에서는 종교적인 울림이 있다.

스미스 부인은 인도의 철학자와 브라만 이름을 환기하는 일종의 열거를 하고, 스미스는 종교에 근거한 반교권적 농담을 늘어놓고 있다.

에피소드 마지막에서는 문장뿐 아니라 단어들이 붕괴되어 음절과 알파벳으로 쪼개지면서 의성어 수준으로 전락되는 것을 본다. 스미스는 모음에다 자음 ㅅ을 섞고 마틴 부인은 자음만을 인용한다.

스미스　　아, 세, 이, 오, 우, 아, 세, 이, 오, 우, 아, 세, 니, 오, 우.

마틴 부인　　비, 시, 디, 휘, 기, 리, 미, 니, 피, 히, 시, 티, 뷔, 지, 쥐.

　　　　　　　　　　…

스미스 부인　　(기차를 흉내 내며) 칙칙, 폭폭, 칙칙, 폭폭, 칙칙, 폭폭, 칙칙, 폭폭, 칙칙, 폭폭.

스미스　　그.

마틴 부인　　쪽.

마틴　　아.

스미스 부인　　나.

스미스 이.

마틴 부인 쪽.

마틴 이.

스미스 부인 야.

작품 끝에 이르면 혼란과 그로테스크함이 최고조에 이른다. 인물들은 "분노의 절정에서" "서로서로의 귀에다 대고 고래고래 소리를 지른다." 그들은 언어를 파괴하는 이성을 잃은 자동인형 같다. 언어가 고장 났다. 언어의 고장은 언어학적 기호, 즉 시니피앙기표과 시니피에기의 사이의 원활한 기능이 파열되었기 때문이다. 정상적인 의사소통 과정에서는 기의가 먼저이고 화자는 자기 사고 내용에 적합한 표현을 찾기 마련인데 이오네스코는 방식을 뒤집는다. 그는 '단어' 혹은 '구句'에서 출발해서 거기에 적합하지 않은 내용을 부여하거나 또는 내용 없이 내버려둔다. 기표와 기의의 분리는 말에서 정보의 힘을 제거하게 된다. 대사는 이어지나 의미는 해체된다. 내용이 비어버린 음성들의 집합을 보면서 진정한 실존이 빠져버린 인물들과 마주하게 된다. 말이 인물들의 삶에서 유리된다. 그들은 더 이상 언어를 통제하지 않는다. 말은 더 이상 인물들 사이의 의사소통 도구가 되지 못한다.

그러다가 마침내 단어들이 폭발하면서 음절, 모음, 자음만 남는다. 소음이 유일한 언어로 남는다. 목적지도 없는 언어가 통제 없이 증식되며 무대 위에 쏟아지면서 더 이상 아무것도 의미하지 않는 수다가 된다. 말이 암에 걸리고, 그와 함께 말이 보증하고 있던 현실이 의미를 잃고 무너져 내린다.

대화는 불가능하다. 진정한 소통이 불가능하게 되면서 사회적 협정에 따른 진부한 언어, 즉 인습적이고 기계적인 성격의 언어가 난무하게 된다. 결국 독백이든 대화든 대사들 내부에서 사고를 연결하는 용어나 표현들이 빠지게 되면서 대사는 나열의 형태를 띠게 되고 언어는 그 의미적 기능을 잃어버리고 소리만 남게 된다. 언어는 더 이상 세계와 존재들의 현실을 표현하지 못한다.

참을 수 없이 예의바른 표현들, 좋은 매너의 전통적 도식, 사교

적 대화의 이상적 진행. 그렇지만 여기서는 모든 것이 부조리
와 광란 상태에 이를 때까지 밀어붙여진다. … 말들은 여기서
그것을 말하는 사람들에게도 미치지 못한다. 그들의 언어는 분
절이고 사회적 관습에 의해 부과된 단어들의 반복일 뿐이다.

— 메이어, 「이오네스코와 이데올로기」

의사소통 기능을 잃어버린 언어는 바로 부르주아 사회에
서 통용되고 있는 언어 양상이다. 이오네스코는 말하지 않
기 위해 말하는 것 같은 사회적 기능을 지닌 이 공허하고 형
식적인 언어, 즉 쁘띠 부르주아의 언어를 자신의 대부분의
작품들에서 고발하고 있다.

나는 어떤 특정 사회에 속한 쁘띠 부르주아를 풍자한 게 아니
다. 내가 문제로 삼은 것은 보편적 의미의 쁘띠 부르주아, 기
존의 관념, 슬로건을 수용하는 만연해 있는 노[illegible]주의적순응주
의적 성향의 쁘띠 부르주아이다. 물론 그 보수성을 분명하게
드러내 주는 것은 그 기계적 언어이다.

— 「노트와 반노트」

쁘띠 부르주아의 언어는 날씨나 생활비나 매일매일 일어나는 일에 대한 한탄, 순수하게 예의를 차리기 위한 상투적이고 진부한 표현 등 공허한 말들의 나열로 나타난다. 인물들은 끊임없이 말을 쏟아 놓으나 특별한 의미가 없는 말이다. 언어는 순전히 기계적인 행위로 쏟아져 나올 뿐 어떠한 사고도 담고 있지 않다. 만들어진 문장들을 반복하는 앵무새들로 변모된 스미스와 마틴 부부는 아무 할 말이 없는 사람들이다. 왜냐하면 아무 생각도 하지 않고 아무것도 느끼지 않는 사람들이기 때문이다.

이오네스코는 『노트와 반노트』에서 「대머리 여가수」를 쓰면서 심한 현기증과 구토를 느꼈는데 다 쓰고 나서는 '언어의 비극' 같은 것을 쓴 것에 대해 자부심을 느꼈다고 밝히고 있다. 이 작품의 진짜 주인공은 언어이고 유일한 극 행동은 언어의 드라마라고 말할 수도 있을 것이다. 그는 언어의 비극적인 면모를 다음과 같이 밝히고 있다.

그들이 나누는 기초적 진실들이 궤도를 벗어났다. 언어가 와해되고 인물들이 해체되었다. 의미가 빠져버린 부조리한 말들이 난무한다. 내 주인공들은 대사나 최소한의 절이나 낱말도 아니고 음절이나 자음, 또는 모음에 자신들을 맡기고 있기 때문에 모든 것이 이유를 알 수 없는 싸움으로 끝난다.

—『노트와 반노트』

그런데 이오네스코는 언어를 소통하기에 불충분한 도구 정도로, 또는 모든 순응주의의 시녀로 문제 삼는 것에서 그치지 않는다. 언어가 미쳐간다. 언어가 대화가 아니라 헛소리로, 의미를 잃은 순수한 소리로 변화된다. 이 언어는 위험하다. 「수업」에서 교수는 단어들을 통해 학생을 파괴하고 죽인다. 얼마나 많은 사람들이 여러 세대의 경험을 통해 확인된 진리들이나 개념들이 고장 나는 순간을 알아차릴 수 있을까? 언어는 말장난, 음절을 바꿔 새로운 것을 만드는 유희, 오해, 문장의 미세한 비틂을 통해 변형되고, 꺾이고, 왜곡되면서 총체적인 부조리함에 이른다. 단어들이 의미가 없는 음성학적 껍데기로 남으면서, 인물들은 개성 없는, 교환해도 무방한 존재들로 남는다. 마지막에 마틴 부부가 스미스 부부의 자리를 취해 그들의 대사를 반복하는 무인칭의 세계가 그려진다.

6

부조리한 세계

「대머리 여가수」에서는 부조리함이 넘친다. 작품이 시작되며 스미스는 신문을 읽다가 "왜 꼭 신문엔 새로 태어난 사람 나이는 나오고 죽은 사람 나이는 안 나오는지 진짜 부조리하다"라고 말한다. 이 대사는 「대머리 여가수」에서 '부조리함' 읽기의 첫 번째 실마리를 제공하는 부분이다. 그 부조리함은 물론 태어난 아이들의 나이를 명시하지 않는다는 데 있는 게 아니라 그 나이에 대해 의문을 던진다는 사실에 있다.

부조리함이 작품 전체를 뒤덮고 있다. 가족 모두가 이름이 보비 왓슨인 가족 이야기, 자기 마음대로 치는 시계 이야기, '서로가 부부임을 알아보는' 마틴 부부 이야기, 빨간 한쪽 눈과 하얀 한쪽 눈을 가진 딸 이야기, 화재가 없는 것을 한탄하는 소방대장 이야기, 의미를 잃고 진짜 음성만 남는 무의미한 헛소리인 마지막 장 등등.

전통 연극에서는 처음 장들에서 작품을 이해하는 데 필요한 요소들, 즉 상황, 인물의 정체성, 행동의 동기 등이 제시되고 거기서부터 주어진 상황과 인물들이 일종의 결정론에 따라 변화하면서 논리적이고 사실임직함을 보여주는 데 비해, 이오네스코는 삼단논법처럼 구성된 논리적 연극, 즉 연역적인 장면들이 논리적 결론으로 이어지는 연극에 대해 혐오감을 표시한다.

> 줄거리 변화가 없으므로 뼈대도 없다. 풀어야 할 수수께끼라기보다는 해결할 수 없는 미지의 것과 성격을 알 수 없는 정체성이 없는 인물들이 있다. 그리고 원인과 결과를 따르지 않는 계속되지 않는 지속성과 우연한 이어짐이 있을 뿐이다.
>
> ─『노트와 반노트』

「대머리 여가수」는 비논리적이고 비사실적인 극작법을 보여준다. 논리성이 결여되어 있기 때문에 스미스 부부는 많은 이야기를 나누지만 아무것에 대해서도 이야기하지 않는다. 머리도 꼬리도 없는 표현의 반복일 뿐, 그들의 대화는 제멋대로 치는 추시계만큼이나 비논리적이고 부조리하다. 전통 연극이 논리적 법칙에 따르는 우주, 이성으로 포착될 수 있는 우주에 대한 믿음을 바탕으로 한다면 이오네스코 연극에서는 반대로 인간 상황은 이성에 의해서가 아니라 부조리에 의해 지배된다는 세계관을 바탕으로 한다. 대사, 줄거리, 인물, 언어, 시간, 공간, 사물들 모두 일관된 논리의 법칙에서 벗어나 있다. 두 인물이 나누는 대사도 모순되기 일쑤다.

스미스 부인　　안녕하세요? 오래 기다리게 해서 죄송합니다. 두 분께 예의를 차려야 된다 싶어서요. 충분히 그럴 만하죠. 그래서 불시 방문으로 저희를 기쁘게 해주시는 걸 알고 서둘러 정장으로 갈아입고 온 거예요.

스미스　　(화를 내며) 우린 온종일 쫄쫄 굶었어요. 네 시간이나 기다렸다고요. 왜 이렇게 늦은 겁니까?

(7장)

마틴 부부의 방문은 기다려지지 않았고 동시에 기다려졌다. 게다가 스미스 씨는 하루 종일 아무것도 먹지 못했는데 그의 부인은 1장에서 저녁식사에 대해 세밀하게 묘사했다. 놀라운 것은 한 대사 안에서도 내용이 모순된다.

스미스   반듯하겐 생겼지만, 예쁘다곤 못하죠. 너무 크고 건강해서. 하지만 그렇게 반듯하진 못해도, 굉장히 예뻐요. 좀 작고 말라서 그렇지. 그녀는 음악 선생이거든요.

(1장)

'예쁘다고 할 수 없다'고 하다가 '굉장히 예쁘다'고 하고, '반듯하게 생겼다'고 했다가 '반듯한 얼굴이 아니다'라고 하고, '크고 건장하다'고 하다가 '작고 말라서'라고 말한다. 인물들은 늘 논리적 원칙을 위배한다.

스미스   감정엔 나이가 없어요.
마틴   맞아요.
스미스 부인   그렇다더군요.

마틴 부인　　정반대 얘기들도 하던데요.

스미스　　그 둘 중에 진리가 있겠죠.

(7장)

어떻게 "감정엔 나이가 없다"와 그 '반대' 사이에 진리가 있을 수 있는가? 인물들의 대사는 원인에서 결과를 유추하는 논리의 원칙이 잘못돼 있고,

스미스 부인　　우리는 오늘밤 잘 먹었어요. 왜냐하면 우리가 런던 근교에 살고 있고 우리 성이 스미스이기 때문이지요.

(1장)

유추는 궤변이고 부조리하다.

스미스 부인　　의사 선생 수술은 성공했고, 파커 씨 수술은 실패했거든요.

스미스　　그럼 좋은 의사가 아니죠. 두 번 다 성공하든지, 아님 둘 다 죽어야 돼요.

스미스 부인   왜요?

스미스   같이 회복되지 못하면 환자랑 같이 죽어야죠. 양
심적인 의사라면. 선장은 파도 속에서 배하고 같이 죽잖아요.
혼자 안 살아남고.

스미스 부인   환자하고 배하고 어떻게 같아요?

스미스   뭐가 다르죠? 배도 병에 걸리잖아요. 건강한 의사
가 환자랑 같이 죽는 거나, 선장이 배하고 같이 죽는 거나.

스미스 부인   아! 그 생각은 미처 … 그럴 수도 … 한데 그
래서 결론이 뭐죠?

스미스   의사는 다 사기꾼이란 얘기죠. 환자들도 다 그렇
고. 영국에선 정직한 게 해군뿐이에요.

스미스 부인   해군 병사들은 아니고요.

스미스   물론이죠.

(1장)

스미스는 의사와 선장, 환자와 배 사이에 유사함을 성립시
킴으로써 시작한다. 거기서 선장이 배에서 죽는 것처럼 의
사는 환자와 함께 죽어야 한다고 추론한다. 그다음에는 의

사를 선장과 비교하지 않고 배와 비교하고 배와 의사에 대해 말한다. 그는 비교자와 비교대상자들을 섞는다. 결론은 테마가 달라져서 의사와 사기꾼의 비교, 환자, 해군의 정직성, 해군만 정직하고 해군 병사는 아니라는 추론에 이른다.

이오네스코는 이렇게 허무하게 추론하는 인물들을 제시하며 관객들로 하여금 불안한 세계와 마주하게 만든다. 판에 박힌 대화, 모든 진실로부터 단절되어 허무하게 울리는 쁘띠 부르주아의 언어, 꼭두각시로 변해버린 존재들, 이 '쁘띠 부르주아의 세계'는 불안하기 짝이 없다. 그러나 이 '쁘띠 부르주아'의 세계는 어느 특정한 사회나 경제 조직을 겨눈 것이 아니라 모든 조직에서 발견할 수 있는, 기성관념에 순응하는 사고, 판에 박힌 것과 기계적인 언어를 구사하는 앵무새 증상, "아무것도 할 말이 없기 때문에 아무것도 말하지 않기 위해 말하는" 사람들, 내면생활이 없고 일상의 기계로 전락되었기 때문에 소통할 것이 아무것도 없는 존재들을 말한다.

「대머리 여가수」에서는 병든 언어를 구사하는 인물들의 일상과 그 부조리함이 있는 그대로 벌거숭이 상태로 제시된다. 그것은 독창적 사고와 감동과 실존이 없는 인격이 붕괴된 세계이다. 그들은 내면세계를 상실한 채 일상의 기계로 전락해 버렸기 때문에 아무런 할 말도, 전해야 할 말도 없게 된다.

> 스미스 부부, 마틴 부부는 서로 의사소통을 할 수 없다. 왜냐하면 그들은 더 이상 생각을 할 수 없기 때문이다. 그들은 생각할 수 없다. 왜냐하면 그들은 더 이상 움직일 수 없고 어떤 열정도 느끼지 못하기 때문이다. 그들은 더 이상 존재할 수 없다. 그들은 누군가 다른 사람, 어떤 다른 것이 '될 수 있다.' 독자적인 정체성을 잃었기 때문에 그들은 그저 항상 '다른 사람'이다. … 그들은 교체 가능하다.
>
> — 『노트와 반노트』

마틴 부부는 결혼을 하고 살아도 서로를 알아보지 못하는 권태롭고 부조리한 실존에 처해 있다. 이 부부는 논리적 증명 과정을 거쳐 놀랍게도 그들이 같은 거리, 같은 집, 같은 층, 같은 방에 살고, 같은 침대에서 잠을 자니까 당연히 남편과 아내일 수밖에 없다는 결론에 이른다. 이것은 이오네스코가 지속적으로 다룬 자기 소외와 소통의 어려움이라는 주제를 가장 선명하게 보여주는 대표적인 예이다. 이 초라하고 사랑이 마멸된 세계에서는 아무것도 확고한 의미를 지닌 것이 없다. 시간도 모호하고 막연하며 터무니없어 보인다. '영국식'으로 치는 '영국식' 추시계는 시간의 논리적 의미를 완전히 상실하고 있다. 시계가 '7번' 울리고 침묵 후 '3번' 울린다. 그다음에는 전혀 울리지 않는다. 처음에는 7번 울리고, 그다음에는 3번 울리고, 그다음에는 전혀 울리지 않는 추시계에 대해 뭐라 할 수 있을까? 또 "시계가 2-1 친다." 시간이라기보다는 축구 경기 결과 같아 보인다. 조금 후에 시계는 "29번"보다 덜 치지 않는다. 6장에서 "시계는 원하는 대로 친다." 7장에서는 "경우에 따라서는 시계는 다소간의 힘을 가지고 대사를 강조한다."

추시계는 진짜 시간과 다른 시간을 알리는 모순된 정신을 지닌 물질로 의인화된다.

소방대장　　그건 몇 시냐에 따라 다르죠.

스미스 부인　　우리 집에는 시간이 없어요.

소방대장　　그러면 저 시계는요?

스미스　　고장 났어요. 저 시계는 반항심을 가지고 있어서
늘 시간을 반대로 알려줘요.

(8장)

　시간도 인물들의 대사 속에서 그 논리적 진행을 잃어버린다. 스미스는 신문을 읽으며 보비 왓슨이 죽은 날짜에 관하여 "이 년 전에 죽었잖아요"라고 하더니, "장례식에 갔던 거 생각 안나요? 일 년 반 전에"라고 하고, 조금 후에는 "그 사람 부음 기사는 벌써 3년 전" 것이라고 한다. 그러고는 "불쌍한 사람. 죽은 지 사 년이 지났는데도 몸이 따뜻했어요"라고 한다.

　소방대장의 시간에 관한 표현도 부조리하기는 마찬가지다. 그는 "정확하게 사분의 삼 시간 십육 분 후에 불이 날 거거든요" 하고 나간다. 10장 시간은 인간을 태어나서 늙게 하고, 죽음으로 가게 한다. 이 실존의 덧없음을 확인시켜 주는 것도 시간이고, 그의 우연적 성격을 강조해 주는 것도 시간

이다. 「대머리 여가수」에서 이오네스코는 비상식적인 시계의 모습을 통해 인간조건에 부조리한 성격을 부여하고 있다. 그 시계는 "꼭 실제 시간의 정반대로만 가리킨다."

불합리하기는 이유 없이 울리는 초인종도 마찬가지이다. 우리는 초인종을 누르면 거기에 누군가가 있다고 생각한다. 그런데 초인종이 울렸으나 두 번이나 문에는 아무도 없었다. 스미스는 원인 없는 결과는 없는 법이라고 "초인종을 누르면 누군가가 거기 있다는 것"이라고 주장하고 스미스 부인은 초인종 소리를 듣고 나가보니 아무도 없었던 3번의 경험을 바탕으로 초인종 소리를 들으면 거기에 아무도 없다는 결론에 도달한다. 그렇지만 이번에는 거기에 소방대장이 있었다. 그런데 그는 처음 두 번은 자기가 초인종을 누르지 않았고, 세 번째는 자기가 눌렀으나 웃기려고 피했고, 네 번째 초인종은 자기가 눌렀다고 한다. 스미스와 스미스 부인의 가정에 대해 소방대장은 "초인종이 울리면, 어떤 땐 누가 있고, 어떤 땐 아무도 없다"며 둘 다 옳다는 터무니없는 타협이 아무런 문제없이 수용된다. 문제는 스미스 부부가 제시한 문제가 맞는 것인지 그른 것인지가 해결되지 않는다는 것이다. 두 부부는 현실을 지성적으로 통제하고 거기에 적응할 능력이 없다. 인물들은 무언가를 가정하고 추론하며 이성적으로 문제를 제기하는 것 같지만 끝까지 진실을 추구하고 발견할 능력이 없다. 그들에게 중요한 것은 사물의 이치를 따져 그 원인을 규명하는 것보다는 타인을 누르고 공격하는 것이다.

물질들은 더 이상 인간의 삶을 보조하지 않는다. 이유 없이 울리는 초인종, 진짜 시간과 늘 반대로 가리키는 시계. 이 작은 것들은 인물들이 초인종과 시계가 제때 울리고 소방관들이 진짜 화재를 진압하기 위해 나타나는 통일성 있는 세계가 아닌 고장 난 세계에 살고 있다는 것을 증명한다. 모순정신으로 항상 틀린 시간을 치는 시계, 마음대로 울리는 초인종, 언어가 완전히 망가진 세계, 서로 교환이 가능한 외관으로 전락해 버린 인간들, 이런 요소들을 통해 고장 난 세계의 비극적 모습이 그려진다. 인간의 혼란과 고독이 더욱 두드러져 보이는 세계이다.

인물들이 서로의 역할을 바꾸어 다시 작품이 시작되는 순환적 구성을 통해서 반복될 뿐인 삶의 부조리성이 더욱 비극적으로 나타난다. 이 작품에는 앞에서 살펴본 대로 사건이 없다. 전통 연극에서는 주어진 상황에서 인물들이 일종의 결정론에 따라 논리적이고 사실임직한 진행을 보여주는데 비해 이오네스코는 극 행동을 극작의 구성요소로 생각하지 않는다. 그는 연극을 '아무 일도 일어나지 않는 유일한 장소'로 '아무 일도 일어나지 않을 수 있는 특별한 장소'로 생각한다.

「대머리 여가수」 끝에서 마틴 부부가 스미스 부부를 대체하는데 이오네스코는 이 작품을 "추상연극에 대한 시도이며, 연극 메커니즘의 기능을 비우는 시도"라고 정의한다. 모든 것이 이전처럼 계속된다. 순환성은 독자와 관객에게 「대머리 여가수」가 영원한 현재 속을 살고 있다는 인상을 준다. 이오네스코의 인물들은 어떤 의미에서 영원하다. 그들은 서로가 교환 가능한 존재들인 경직된 세계 속에 있다. 그래서 반복은 비극적이다. 이 자동적인 반복은 주인공을 짓누르는 도저히 벗어날 길 없는 불길하고 가차 없는 운명의 측면을 말해주기 때문이다. 끊임없는 반복의 숙명에 처해진 인물들은 같은 제스처를 다시 시작하고 같은 잘못을 반복한다. 인

간은 악순환 속에 있다. 끝의 개념을 배제하는 순환적 구성
은 인간조건의 끝이 상실된 채 동일한 것으로 회귀하는 고
정된 세계의 탄생을 의미하고 그에 따른 인간조건의 부조리
성을 명확하게 보여준다.

담화는 진부하고, 진부한 만큼 허망하다. 인물들은 가족
의 저녁 메뉴, 일상생활의 무의미한 사건들을 이야기한다.
1장에서의 가족의 저녁 메뉴 이야기, 아이들 이야기, 요구르
트 효능 이야기, 보비 왓슨 가족 이야기, 2장에서 하녀가 자
기가 오후에 무슨 일을 했나 이야기하는 부분, 7장에서 마틴
부인이 자기에게 일어난 일을 이야기하는 부분, 11장에서
격언을 나열하는 부분들에서 인물들은 사실을 확인하거나
이해하지 못하는 단어나 문장을 기계적으로 반복하면서 언
어를 앵무새 수준의 표현으로 격하시킨다. 이오네스코는 우
리들의 진부한 일상을 우롱하면서 진부하고 반복적인 삶의
부조리성을 드러내 보인다.

일반적으로 부조리극은 그 출현의 정신적·사상적 배경이
된 실존철학과의 관계에서 설명되는 경우가 많다. 두 번에
걸친 세계대전 이후, 보편적으로 수용될 수 있는 종교 같은

구심점이 없어지고, 인간들 간의 모든 관계가 단절되어 버린 세계의 삶의 무의미함을 카뮈는 1942년 『시시포스 신화』에서 '부조리'의 상황으로 인식했다. 중심점도, 목적의식도 없는 우주에서 부조리극은 바로 그런 인간존재의 근원적 현실에 직면하게 함으로써 사람들에게 인간존재 상황에 대한 통찰력을 갖게 하려고 한다.

이오네스코의 관심사와 그의 현실관도 바로 전쟁 이후, 온통 인간적이 아닌 것에 둘러싸인 개인, 타인의 시선이 지옥인 '출구 없는 방'에 갇힌 작가들과 철학자들의 것과 흡사하다. 이오네스코의 작품 어디서도 동시대 상황에 대한 직접적인 암시를 찾아볼 수 없지만 시대에 대한 자각을 담고 있다. 그는 인류의 가치가 붕괴되고 자유가 사라진 세계를 보았으며, 혼돈에 빠진 세계의 부조리함을 날카롭게 감지하고 위협적으로 느꼈다. 사디즘과 폭력성, 가족적, 사회적 그룹의 지배, 이데올로기의 막강한 지배력, 소통이 불가능한 외로운 세계, 존재들이 물질에 의해 잠식되는 세계, 존재한다는 환상만 가지고 단어와 현실, 수다와 소통, 내면적 삶과 사회적 삶을 혼동하는 영혼 없는 인류 등 이오네스코의 세

계는 부조리가 지배하는 악몽의 세계이며 인간적이기를 멈
춘 세계이다. 운명은 출구가 없고 절대적인 존재로부터의
메시지는 부재한다.

「대머리 여가수」는 한 시대의 삶에 대한 비극적 이미지를
그리며 실체가 텅 빈 세상의 기이함, 비실재적 세계, 그 부
조리함을 직시하고 있는 작품이다.

7

난폭연극

　코르뱅Michel Corvin은 "이오네스코 연극의 근본에는 인간조건의 비극성에 직면하는 형이상학적이라고 할 수 있는 불안이 지배한다"라고 정의한다. 「대머리 여가수」에서 인물들은 다른 사람의 말을 듣지 않고, 부부임에도 서로를 알아보지도 못한다. 소통이 있어야 할 곳에 기계적 언어와 행위만 존재한다. 설사 대화가 성립되더라도 금방 인물들은 공격적이 되거나 아니면 침묵으로 돌아온다. 작품에는 모든 사회의 기초가 되는 부부의 위기, 권태, 아이들에 대한 부부의 말다툼, 부부의 고통스러운 과거, 연애 사건의 우여곡절, 하녀에 대한 비판, 소방대장이 일시적인 화재를 계획하는 무정부주의적 사회의 공격적인 면모가 함축되어 있다.

「대머리 여가수」에는 전반적인 폭력과 공격성이 내재돼 있다. 공격성은, 모욕을 받은 스미스 부인이 양말들을 멀리 집어던지고 이빨을 드러내는 부분, 스미스 부부가 메리의 오후 외출에 대해 나무라는 부분, 화가 난 메리가 마틴 부부에게 왜 늦게 왔느냐고 따지는 부분으로 이어진다. 이어지는 다음 장들에서는 공격성이 다소 수그러들지만(셜록 홈즈로 변한 메리의 독백, 마틴 부부는 이전처럼 살기로 함), 7장에서 스미스가 마틴 부부가 늦게 왔다고 노발대발하는 장면에서 다시 시작되어 초인종과 관련된 실망과 함께 논쟁이 이어지면서 여성과 남성이 나뉘어져 싸운다. 논쟁은 8장에서 계속되다가 소방대장이 제시하는 터무니없는 타협으로 끝을 맺는다. 그러나 이번에는 소방대장이 폭력과 공격성의 은유적 모습인 '불'의 테마를 소개한다. 또한 그가 나열하는 '일화들' 가운데 폭력과 공격성이 내면화된다. 소방대장이 이야기하는 '일화들'에서는 송아지가 부서진 유리를 먹고, 뱀과 여우가 주먹과 칼을 휘두르며 싸우고, 약혼자가 자기 여인에게 모욕을 준다. 9장은 2장의 공격성의 모티브를 다시 이어간다. 스미스 부부는 마틴 부부의 도움을 받아 메리를 윽박지르고 메리는 자신을 방어하지 못한 채 시를 낭송하며 '불'의 테마를 이어간다. 마지막 장에서는 네 인물 모두 선 채로 '금방 덤벼들듯이 대사를 외쳐대고 주먹을 휘두르는' 언어뿐 아니라 육체적 광분에 사로잡힌 인물들의 집단적 공격성의 광기, 적의가 나타난다.

「대머리 여가수」에서는 장을 거듭하며 공격성이 점진적으로 증가되며 점점 인물들이 더욱 강력하게 대립된다. 각 장에서 드러나는 인물들 사이의 공격적 면모를 살펴보면 인간관계가 얼마나 대립과 공격성에 기초하고 있는가를 보게된다. 이오네스코 작품에서 비극성은 인간을 초월하는 신이나 숙명성, 정열이나 의무의 감정에서 비롯되는 것이 아니라 어쩔 수 없이 인간을 점령하고 인간을 다른 사람과 대립하게 만드는 공격적 힘에서 비롯된다. 이러한 공격성은 인간을 외롭게 만들 뿐 아니라 그들로 하여금 자기 이웃과 조화롭게 살아갈 방도를 찾을 수 없게 만든다.

무엇보다 언어를 통해 인간관계의 공격성이 표현된다. 언어는 폭력의 주요 매개물이 된다. 두브롭스키Doubrovsky는 "인간이 사고하기 위해 언어를 사용하는 것이 아니라 언어가 인물들을 위해 사고한다"고 언급하는데 「대머리 여가수」
에서 언어는 이성적 통제를 벗어나 혼자 광적으로 움직인
다. 특별한 줄거리가 없다거나, 인물들의 정체성을 알 수 없
다거나 하는 것보다 언어의 독특한 사용이 인간조건의 부조
리성을 더욱 강하게 부각시킨다. 의미가 없는 언어의 사용
이 '언어의 비극성'을 더욱 깊게 느끼게 해준다.

작품이 진행되어 갈수록 부조리의 감정이 더욱 강화되어
간다. 작품 시작에는 리듬이 느리고 인물들도 수동적으로
보이지만 점진적으로 리듬이 빨라지면서 인물들은 히스테
리에 사로잡혀 간다.

연극의 본질이 효과의 거칠음에 있다면 이 효과를 더욱 강력
히 거칠게 하고 그것을 강조하며 과장해야만 했다. … 선을
감추지 말고 더욱 가시적으로 만들고, 의식적으로 보이게 하
고, 그로테스크와 희화의 가능성을 완전히 드러내야지 … 단
순한 살롱희극의 차원에 머물러서는 안 된다. … 모든 것을
발작의 경지까지 끌고 가야 한다. 거기에 비극성의 원천이 있
다. 연극은 폭력적이어야 한다. 폭력적으로 희극적이고, 폭력

적으로 극적이어야 하는 것이다.

― 『노트와 반노트』

이오네스코는 작품의 리듬을 강화, 가속화, 발작까지로 이끌어 심리적 긴장감 때문에 견딜 수 없을 정도로 끌고 가기 때문에 그의 작품은 스토리 측면에서는 크게 일어나는 일이 없지만 역동적인 어떤 힘이 존재한다.

이오네스코는 「수업」에 관해서 언급하면서 "나는 정신 상태와 감정, 상황과 고통의 농축을 통한 진행을 실현해 보려고 노력한다. 대본은 배우들의 연기가 희극에서 출발해서 점진적으로 격앙에 이르도록 하기 위한 하나의 구실일 뿐이다"라고 밝히고 있는데, 이 점은 이오네스코가 점진적으로 심리적 긴장을 강화해 나가는 구성에 중요성을 부여하고 있음을 느끼게 하는 부분이다.

광적으로 템포에 박차를 가하고 인물들의 감정을 터질 때까지 이끌고 감으로써 가속화의 절정에서 결말이 이루어지는 「대머리 여가수」는 이오네스코의 이러한 구성적 특성을 명확하게 보여주는 작품이다. 인물들은 점점 감정이 격앙되어 가면서 광분의 절정 상태에서 "서로의 귀에다 고함을 지르며", "그쪽 아냐, 이쪽이야"를 반복해서 외치고 그 대사는 어둠 속에서 점점 빠른 리듬으로 들린다.

이오네스코의 거의 모든 작품은 괴로움이 점진적으로 증가하는 구성을 바탕으로 하고 있다. 「수업」에서 처음에는 수줍어 보이던 교수가 언어학 수업을 시작하며 점점 야수로 변해간다. 마침내 "칼을 휘두르며" 위협적이고 과격해지면서 교육자의 방은 고문과 거대한 시체 유기장으로 변한다. 수많은 손님들을 초대해 놓고 분주하게 의자를 나르다가 무대를 가득 채운 의자들 사이에서 꼼짝달싹할 수 없이 허무가 온 무대를 채우게 될 때 끝나는 「의자」, 한 도시의 사람들이 하나둘 코뿔소로 변하더니 무대가 온통 코뿔소 울음 소리로 뒤덮이며 "타협하지 않겠다"라고 절규하는 베랑제의 대사로 막을 내리는 「코뿔소」, 점점 증식되는 시체의 이미지를 보여주는 「아메데 혹은 어떻게 그것으로부터 벗어날 것인가?」와 더불어 이오네스코는 관객을 점점 더 견딜 수 없는 질식 상태로 몰고 간다. 이오네스코 자신은 "… 모든 것이 질식 상태에 이를 때까지 계속 진행될 것이다. 시체는 공

간이 부족해서 더 이상 자랄 수 없을 때까지 증식된다. 아무
런 해결책이 없다. 이러한 모순 속에서 점점 숨이 막히는 것
을 느끼게 될 것이다”라고 방향을 밝히고 있다. 바로 이러한
리듬의 점적적인 강화로 인해 그의 희곡은 강압적이고 비극
적이며 잔혹한 느낌을 준다. 그러한 의미에서 그의 연극은
앙토냉 아르토[7]가 주장했던 ‘잔혹 연극’의 계승자로서의 난
폭 연극의 단면을 보여준다.

> 참을 수 없는 것으로 돌아가는 것, 모든 감정의 격분 상태로
> 치닫게 하는 것, … 격렬하게 희극적이며 동시에 격렬하게 드
> 라마틱한 난폭 연극을 하는 게 낫다.
>
> ─ 『노트와 반노트』

이오네스코 연극은 집중, 가속화, 축척, 증식 절정에 도달
하는 리듬을 보여주는데,

---

[7]_ 앙토냉 아르토Antonin Artaud, 1896~1948: 프랑스 시인, 배우, 연극 이론가이며
　　연출가. 저서 『연극과 그 분신』에서 잔혹 연극의 개념을 창안함.

나는 이야기를 들려주고자 희곡을 쓰지 않는다. 연극은 서사적이 아닐 수 있다. … 왜냐하면 극적이기 때문에. 내게 희곡이란 그런 이야기의 전개를 묘사하는 것이 아니다. … 희곡은 다시 서로 떨어지거나 참을 수 없는 혼란으로 끝나기 위해 상승하고, 응축되고, 서로 연계되는 의식 상태나 상황들의 결과에서 나온 것들이 합쳐진 구조물이다.

— 『노트와 반노트』

이러한 일종의 난폭 연극 기법은 전통적인 극작법, 삼단논법처럼 구성된 '논리에 맞는 작품', '잘 짜인 극'을 거부하는 것이다. 그의 연극은 행동이 시작되어 복잡하게 뒤얽히게 되다가 해결점에 이르게 되는 줄거리의 우여곡절에 연결되어 있는 것이 아니라 참을 수 없고 출구도 없는 갈등의 상황에 연결돼 있다.

8

〈반反연극〉, 조롱의 연극

「대머리 여가수」는 '반反연극'이다. 주제도, 줄거리도, 일관성 있는 인물도 없고 제목은 우연히 결정되었을 뿐 아무 의미가 없다. 이오네스코는 매 순간 전통적으로 수용되어오던 연극의 규칙을 위반한다. 「대머리 여가수」는 연극에 대한 풍자이며 패러디이다.

「대머리 여가수」는 전형적인 영국식 살롱에서 평범한 스미스 부부와 하녀 메리, 손님으로 온 마틴 부부, 그리고 소방대장을 중심으로 저녁메뉴, 보비 왓슨 가족 이야기, 초인종과 소방대장의 이야기, 체험적 일화 소개 등 평범한 부르주아 일상을 그리고 있다. 그렇지만 이오네스코는 이 일상적인 상황을 어느 순간 환상적이며 기이한 방향으로 이끌어가면서 관객들을 친밀하면서도 낯선 세계로 이끌고 간다.

끝까지 나타나지 않는 대머리 여가수, 제목은 아무 의미가 없다. 「대머리 여가수」에 대머리 여가수가 없다.

그날 밤 "그런데 왜 대머리 여가수예요? 여가수가 나오는 것 봤어요? 여가수가 어디 있어요? 더욱이 대머리라니? 대머리인 사람 봤어요? …그런데 그 소방대장은 또 뭐예요? 소방대장은 뭐 하러 나온 거예요? 우릴 놀리는 거 아니에요?"라는 대화를 한 번이 아니라 열 번, 열다섯 번, 아니 스무 번은 들었다. 명사名士들이 이해하지 못한 것이 분명했다. 대머리 여가수를 보여준다고 하고서 보여주지 않았기 때문에 그들은 도둑맞은 느낌이었을 것이고 그걸 용서할 수 없었다.

— 르마르샹, 『이오네스코 연극Théâtre de Ionesco』 1권 서문

일관성 있는 인물도 없다. 두 부부와 하녀, 소방대장 사이

의 진부하고 일관성 없는 대화들로 이루어지면서 인물들의 정체성을 찾기 어렵다. 두 부부는 교환가능하고, 메리는 자신을 셜록 홈즈라고 하고, 소방대장은 무엇 때문에 겉보기에 평화로운 이 부르주아 실내에 등장하는지를 이해하기 어렵다. 그들은 아무 의미도 없는 수다만 늘어놓는 정체성과 인격이 없는 마리오네트들이다.

연극에 대한 고발은 연극적 표현의 특권적 도구인 언어에 대한 고발과 연결되어 있다. 연극의 틀을 부수며 이오네스코는 단어들의 코르셋을 풀고 인간이 이제까지 자신들의 필요에 따라 정확하게 만들었다고 믿었던 언어에 속았다는 것을 제시한다. 영혼이 없는 빈껍데기 마리오네트 입에서는 기계적인 언어가 쏟아져 나온다. 인간의 감정과 사고를 밝혀주던 언어의 개념은 사라지고 기계적이고 관습적인 언어들만 난무한다. 그것은 이미 의사소통의 기능을 잃어버린 소리들의 집합일 뿐이다. 의미는 없고 메커니즘만 남은 세계가 그려진다. 이오네스코 자신도 자신의 작품이 '메커니즘'에 근거하고 있음을 강조한다.

완전히 작위적인 표현들, 케케묵은 상투어들로 구성되어 있는 「대머리 여가수」 텍스트는 나에게 인간의 행동과 언어의 자동성, 아무것도 말하지 않기 위해 하는 말, 내적 삶의 부재, 일상의 메커니즘, 사회생활에 젖어 살고 있는 인간들이 거의 구분되지 않는다는 것을 보게 해 주었다."

— 『노트와 반노트』

심리와 개성이 결여된 인물들을 통해 전통적인 '성격 희극'에서 벗어난 '무성격의 희극'을 보게 된다. 이오네스코는 극단으로 밀어붙여진 이 인물들을 통해 인간에 대한 비극적 비전과 그들이 처한 부조리한 상황과 그 일상생활의 우스꽝스러움을 드러낸다. 그는 이 인물들이 "비인간화되어 있고 심리적 알맹이가 온통 비어 있으며 내적인 드라마가 없기 때문"에 희극적이라고 말한다. 삶을 있는 그대로 수용하기 어려운 만큼, 이오네스코는 고통스러운 인간조건과 그 비극을 회피하기 위해서 희극적 기법을 사용한다. 이오네스코는 자신의 연극이 '부조리 연극'보다는 '조롱의 연극'으로 불리기를 원했으며 언제나 작품에 삶의 희극적인 차원과 비극적인 차원을 섞는다.

그가 보여주는 일상의 세계는 우리를 당황하게 하고 우리의 기다림을 배반한다. 거기에서는 서로 알아보지 못하는 두 사람이 날씨, 사는 곳, 자녀 수 따위의 진부한 대화를 나누다가 실제로는 부부라는 놀라운 사실을 발견한다. 그들의 과장된 놀라움, "정말 신기하네요", "어떻게 그럴 수가"의 기계적 반복은 사람들에게 웃음을 준다. 함께 살아도 서로를 알아보지 못하는 부부, 그 일상의 부조리함으로부터 웃음이 나온다.

나는 개인적으로 희극적인 것과 비극적인 것 사이에 무슨 차이가 있는지를 결코 이해하지 못하겠다. 나는 희극적인 것이 부조리하다는 것을 직접 인식하게 되었기 때문에 희극적인 것이 비극적인 것보다 절망을 자극하기에 더 적절하다고 생각한다. 희극적인 것은 어떤 출구도 없다.

— 『노트와 반노트』

꿈과 깨어 있음, 표면과 현실 사이에 걸려 있는 이 모순된 상태, 이 불편함에서 벗어나기 위해 이오네스코는 일종의 극약 처방을 사용한다. 진짜 텅 빈 소리가 나는 것을 측정하기 위해 그는 쳐서 파괴한다. 조롱, 모든 연극의 공통기초인 언어만큼이나 사회적, 가족적 관계에 대한 조롱, 모든 것에 대한 조롱은 그가 좋아하는 무기이다. 연극 자체에 대한 조롱으로 그는 〈반反연극〉, 〈희극적 드라마〉, 〈비극적 소극〉, 〈가상의 드라마〉 등이 복합된 반연극을 쓰기 위해서 등을 돌린다. 왜냐하면 희극적인 것은 비극적이고, 인간의 비극은 우스꽝스럽기 때문이다.

— 미셸 코르뱅, 『신연극』

사람들은 「대머리 여가수」 공연을 보며 많이 웃는다. 이오네스코도 자신의 작품에 희극적 힘이 있다는 것에 대해 처음에는 놀란 듯하다. 소시민적 관습과 죽은 언어가 감정이 있는 인간의 생활을 얼마나 공허하게 하고 기계적으로 만들어버렸는지를 묘사한 비극적인 작품을 보고 관객들이 웃는 데 대해 이오네스코는 "공연했을 때, 관객들이 이 작품을 희극으로 여기고 즐겁게 받아들이는 것을 보고 놀랐다"

『노트와 반노트』고 확인한다. 이오네스코에게 있어서 희극성은 세계에 대한 비극적 비전의 또 다른 측면이다. 그는 참을 수 없는 것을 말하기 위한 해방의 도구로 웃음을 선택했다. 그는 "참을 수 없는 것에서 해결점을 찾을 수 없다. 참을 수 없는 것은 깊이 비극적이고, 깊이 희극적이므로 근본적으로 연극이다"『노트와 반노트』라고 '조롱'의 연극을 선택한 이유를 설명한다. 프랑스에서 '부조리'라는 용어는 사르트르와 카뮈 식 내용을 함축하고 있는 데 반해 '조롱의 연극'은 인간의 힘으로 제어할 수 없는 삶의 무의미함에 대해 경멸과 웃음과 조롱을 불러일으킨다.

이오네스코 연극은 존재론적이고 사회학적인 진실을 밝혀주면서 관객들에게 괴로움을 불러일으킨다. 그의 인물들은 죽음 이외에 다른 출구가 없는 자신들의 실존에 갇힌 인물들이다. 빠져나갈 수 없는 미궁에 갇혀 있는 그들에게는 출구도, 가능한 구원도 없다. 정체성 없는 귀머거리 로봇들, 작품의 순환적 구성을 통해 표현되는 존재에 대한 영원한 부정 등 자카르Emmanuel Jacquart는 자신의 『조롱의 연극』에서 "작가는 특별한 상황이 아니라 인간조건을 상기시킨다"라고 밝히고 있다. 그래서 그가 무대화하고 있는 세계는 기이하지만 우리를 닮은 세계이다.

이오네스코는 웃음을 통해 관객으로 하여금 생각하게 만들고 또한 받아들일 수 없는 자신의 조건을 받아들이게 만든다. 「대머리 여가수」의 우스꽝스러운 바보와 꼭두각시 인물들을 보면서 관객들은 마침내 그것이 자신이며, 소통이 불가능한 세계가 자신의 현실이며, 자신의 삶이 눈앞에서 공연되고 있다는 의식을 가지게 된다.

모든 젊은 지식인들이 베케트나 이오네스코의 세계 속에서 동시대 인간의 모습을 발견한다는 것을 알아야 한다.

— 투샤르, 「무대 L'Avant-Scene」

그는 어린 시절 어머니와 뤽상부르그 공원에서 인형극을 보고 매혹되었던 느낌을 "말하고 움직이고 서로 때리는 인형들의 모습은 세계의 풍경이었고", 그 "기이하고 사실임직하지 못한 모습들"이 "사실보다 더 사실적이어서" "그로테스크하고 난폭한 현실" 「노트와 반노트」을 강조해 주는 것 같았다고 표현하고 있는데 그 느낌이 오랜 세월 이후 그의 연극에서 그대로 형상화되고 있는 것을 볼 수 있다.

내 어머니는 뤽상부르그 공원의 인형극으로부터 나를 떼어 놓을 수가 없었다. 나는 온통 마음이 빼앗겨 온종일 거기 머무를 수 있었다. 그러나 난 웃지 않았다. 인형극 공연에서 인형들이 말하고 움직이고 서로 때리는 모습에 넋이 나가 꼼짝할 수가 없었다. 그것은 기이하고 사실임직하지 않지만 진실보다 더 진실한 세상의 풍경이었다.

— 『노트와 반노트』

그의 연극에서 인간은 꼭두각시가 되어 있다. 악순환의 고리에 묶여서 꼼짝달싹하지 못하는 꼭두각시 인물들은 억압과 폭력, 치명적인 욕망과 형이상학적인 고통에 사로잡혀 있는 우리의 모습이며 우리 사회의 표상이다. 어떻게 거기서 벗어날 것인가? 이해할 수 없는 실존에 직면한 신 없는 인간의 부조리한 삶 앞에서 웃음은 참을 수 없는 고통을 표현하는 유일한 수단이 된다. 고통을 극복하고 실존을 받아들이는 유일한 희망은 웃는 것이 된다. 고통 다음에 웃음이 이어진다. 결국 인간은 비극적인 삶에 짓눌려 있지만 '조롱'을 통한 웃음에 의해 보호를 받게 된다. 이렇게 이오네스코 연극은 "현실에 대한 비극적이며 동시에 희극적인 의미"를 체현하고 있다.

웃음은 해방의 효과를 준다. 유머는 인간의 비극적이거나 우스꽝스러운 상황을 명징하게 의식하게 함으로써 그 비희극적 상황에서 헤어날 수 있도록 해주는 유일한 가능성이기 때문이다. 고통스러움을 인식하고 그것에 대해 웃을 수 있다는 것은 고통스러움을 제어할 수 있다는 것이다. 웃음은 '존재의 비극적 상황을 견뎌낼 수 있는 힘'『노트와 반노트』을 준다.

9

맺음말

—이오네스코, 「아카데미 프랑세즈 환영 연설」

1950년 「대머리 여가수」 공연은 그때까지 수용되어 오던 관습과 사고체계, 가치와 문화에 적잖은 혼란을 가져왔다. 이오네스코는 세계의 부조리함을 강력한 연극성을 지닌 새로운 표현기법을 통해 표현한 작가로 그의 글쓰기 방식은 '이오네스코가 있기 이전과 그 이후'라벨리Jorge Lavelli의 표현로 나누기도 할 정도로 혁신적이었다. 1956년 이후 그의 연극이 하나의 고전으로 세계 여러 나라의 언어로 번역되고, 읽히고, 상연되는 것은 그의 새로운 시각과 표현방법이 이제는 자연스럽게 관객들에게 수용되었다는 것을 의미하고 그 점에서 관객들의 감성에 적잖은 변화를 가져온 작가라고 할 수 있다. 그의 연극은 오늘날도 여전히 아주 시각적이고 역동적인 모습으로 전 세계에서 공연될 뿐 아니라, 여러 세대들은 그의 연극을 발레, 마리오네트, 영화와 같은 새로운 접근 방식으로 표현하고 있다.

이오네스코 전 작품을 지배하고 있는 핵심 테마는 참되다고 느끼며 살아온 가치들을 상실한 채 시민적 문명사회에서 점진적으로 기계화되어가는 인간과 그 삶의 비루함에 대한 저항이다. 그는 젊은 시절 두 나라, 두 언어, 두 부모 사이에서 몹시 고통 받았을 뿐 아니라 주변의 친구들이 이데올로기적 맹목성에 종속되는 것을 지켜보며 말할 수 없는 상처를 받았다. 파시스트당에 들어간 친구들의 압력을 물리치고 극단주의에 빠지지 않으려고 노력하던 그가 느낀 외로움은 후일 「코뿔소」에서 베랑제를 통해 표현된다. 그의 반항은 정치적이며 또한 문학적이었다. 그는 「대머리 여가수」같은 반反연극을 쓰며 사실주의 연극을 거부하고, 모든 이데올로기를 비판하고, 프랑스 좌익 지성의 악의에 대해 분노를 터트리기도 했다. 동시에 극우가 극좌만큼 끔찍할 수 있다는 것을 자주 언급하는 작가였다. 그는 자신의 독립성과 자유를 추구한 반항인이었다. 고통, 질병, 고독, 늙음, 죽음 같은 인간조건은 늘 그를 사로잡는 문제들이었으며 늘 이런 존재론적 문제들을 작품 속에 투영했다. 이러한 인간조건의 비극적 현실과 그 허무함을 드러내 보이기 위해서 이오네스코는 그것을 파괴하는 최악의 방식을 사용한다. 그는 「대머리 여가수」에서 '현실의 해체'를 보여주려고 했다고 밝히고 있다. 그는 현실 그 자체, 즉 관객이 알고 있는 개념의 세계, 습관적인 사고체계, 언어 등이 훼손되고, 왜곡되고, 전도되어야만 관객이 현실에 대한 새로운 생각과 직접 대치하게 된다고 생각했다. 정체성 없는 그로테스크한 꼭두각시 같은 인물들, 이상한 시간과 공간, 시체가 되어 널브러져 있는 언어들, 그의 작품이 보여주는 세계는 기이한 악몽의 세계이다. 그는 현실을 짐승으로 변화시키고 실존을 벌거숭이 상태로 제시한다. 거기서 우리 모두가 공동적으로 사용하고 있는 언어가 쪼개지고, 왜곡되고, 기계화되면서 사람들 사이 의사소통 수단으로서의 의미적 기능을 잃는다. '아,

에, 이, 오, 우’ 알파벳 소리들이 무대를 점령한다. 인간의 언어가 마치 하나의 인물처럼 조롱의 대상이 되고 구경거리가 된다. 평범한 일상이 단순화되고, 폭력적으로 극단을 향하면서 우리의 일상이 부조리하고, 낯설고, 끔찍한 모습으로 나타난다. 현실이 갑자기 생소하고 낯선 모습을 띤다. 이렇듯 그는 평범한 일상을 ‘환상적이고’, ‘초현실적인’ 것으로 만든다. 이 세계에서는 모든 것이 가능해진다. 자기 학생을 죽음으로 내몬다든가, 인간이 코뿔소로 변한다거나, 시체가 점점 커진다거나…. 두려움이나 유머를 절정으로 끌고 가게 되면 그것이 비극의 원천이 되고 인생의 모습을 닮은 ‘격렬하게 희극적이며 격렬하게 비극적인’ ‘폭력연극’이 된다. 이오네스코 작품은 실존의 부조리성을 제시하는 주제적 측면만큼이나 그 희극적 측면 때문에 관객들의 지속적인 관심을 끈다. 그래서 “이오네스코는 그 부정할 수 없는 비극적 강도에도 불구하고 … 희극 작가이다.”

이오네스코는 인간존재를 아주 냉혹할 정도로 부조리함 속에서 묘사한 이유가 절망의 “상황을 설명하고 거기에서부터 모든 사람들이 자유롭게 방법을 찾아내도록 노력”하게 함으로써 가혹한 인간조건을 넘어서서 존재 그 자체를 신뢰하고 살아갈 수 있는 것으로 회복하기를 원했기 때문이라고 밝히고 있다. 그는 현대 문명 속에서 인간적 가치가 어떻게 점진적으로 파괴되어 가는가를 그리면서 출구가 보이지 않는 존재의 냉혹한 상황을 제시하고 관객으로 하여금 그 부조리한 상황을 용기 있게 마주 보도록 한다.

일상과 언어의 부조리성과 비현실성을 느낀다는 것은 그것들을 극복해야 하는 것을 의미한다. … 내게는 진부한 것보다 더 놀라운 것은 없다. 초현실적인 것은 손으로 잡을 수 있다. 그것은 존재한다 ― 일상의 수다 속에.

―「출발점」, 카이에 데 카트르 세종

이오네스코는 관객을 일상과 습관으로부터 빼내기 위해서는 그들에게 감정적 충격을 줘야 한다고 생각한다. 연극이 당혹스럽고 공격적이 되는 것은 그 때문이다. 그는 상황을 과장하고 극단으로 밀고가 기이하고 낯설게 만들면서 일종의 '초현실주의적 연극'을 만들었다. 관객들에게 낯섦을

주고 그들의 습관을 뒤흔들고 마비시키면서 자신의 꿈에 참여시킨다. 이오네스코는 『노트와 반노트』에서 연극은 "가상 넓고, 가장 자유로운 상상과 자유의 장소"가 될 수 있다고 표현한다. 남자가 여자가 될 수도, 죽은 자들이 다시 나타날 수도, 인물들이 시간 여행을 할 수도 있다. 이렇게 이오네스코의 「코뿔소」에서는 인물들이 관객 눈앞에서 생물학의 법칙에 따르면 절대로 불가능한 코뿔소로 변하고, 「대머리 여가수」에서는 스미스 부부가 마틴 부부가 되고 마틴 부부가 스미스 부부가 된다. 이렇게 연극은 상상을 통해 현실을 초월할 수 있는 사고의 공간이 된다.

그렇지만 그 '기이함'과 부조리함 뒤에는 넓은 의미에서 고전 연극으로의 회귀에 대한 의지가 내재되어 있다. 고대 이래로 고전 비극은 운명 앞에 마주 선 인간의 깊은 고뇌에 관심을 기울여 왔다. 이오네스코도 고전작가들이 끊임없이 심화시켜 온 인간과 그 운명에 대한 의문과 고찰을 통해 지속되는 연극, 즉 관객을 '본질적인 것'으로 이끄는 연극을 꿈꾼다.

마침내 난 내가 반反연극을 하기를 원하지 않았다는 것을 알

게 되었다. 난 연극의 영구불변한 기본 도식을 직관적으로 나

자신 속에서 찾아내었기를 바란다. 결국 나는 고전주의를 지

지한다. 망각되었지만 영구불변한 원형들을 새로운 표현을

통해 발견하는 것, 아방가르드는 그런 것이다. 진정한 창조자

는 모두 고전적이다.

— 『노트와 반노트』

그는 「아카데미 프랑세즈 환영 연설」에서 "단어들은 무언

가를 말해야 합니다. 그것이 그들의 존재 이유입니다. 그렇

지만 어떻게 그 신선함을 유지할 수 있을까요? 모든 낱말들

이 동의어가 되지 않도록 하려면 어떻게 해야 할까요?"라고

묻는다.

그는 「대머리 여가수」에서 언어를 격렬하게 해체, 조롱하

면서 어처구니없이 언어를 잃어가는 현대 사회의 어두운 그

늘을 보여주고, 귀머거리들의 무의미한 대화들이 점령한 무

대를 통해 현대인들의 황폐한 심성과 소외를 선명하게 드러

낸다. 그것은 어느 특정 사회의 모습을 그린 것이 아니라 현

대 사회의 거대한 덩어리에 짓눌린 인간의 모습들을 보편적
으로 단순화하고 풍자해서 그린 것이다. 그는 「대머리 여가
수」 이후에도 다양한 영역의 문제, 즉 합리주의를 포기한 세
계, 정신이 죽고 물질이 승리하는 세계, 죽음의 두려움과 공
포를 다룬 작품들을 비롯해 이루 헤아리기 어려운 작품들
을 '추상적'이고 '초현실주의적인' 기법으로 그려내었다. "영
구불변한 원형들"을 "새로운 표현"을 통해 널리 보급한 것은
그가 이루어낸 큰 업적이다.

작가연보

1909년 11월 26일 　 루마니아 슬라티나에서 루마니아인 아버
지와 프랑스인 어머니 사이에서 출생.

1911년 　 법학 박사학위를 준비하는 아버지를 따라 가족 모두
파리로 이주. 누이동생 마릴리나가 태어남.

1916년 　 부모의 이혼.

1917~1919년 　 어머니, 누이동생과 함께 샤펠 앙트네즈에 체
류함.

1922년 　 누이동생과 함께 루마니아로 돌아와 아버지와 함께
살기 시작함.

1926년 　 아버지와의 갈등으로 아버지 집을 떠남.

1928~1929년 　 대학입학자격시험을 끝내고 부쿠레슈티 대학
에서 프랑스 문학을 전공.

1931년 　 시집 「작은 존재들을 위한 애가 *Élégie pour les êtres*

minuscules」를 루마니아어로 출판함.

1934년　프랑스어 교수 자격증Capacitate 획득.

『거부*Nu*』 발표와 로디카 부릴레아누Rodica Burileanu와

결혼.

1938년　박사 학위 논문(「보들레르 이후 프랑스 시에 나타난 원죄와

죽음」)을 쓰기 위해 프랑스로 돌아옴.

1944년　딸 마리-프랑스 이오네스코 태어남.

1945~1948년　뒤리외 출판사에서 교정사로 일함.

1950년　프랑스로 귀화함.

「대머리 여가수*La cantatrice chauve*」 초연 (녹탕빌 극장, 니

콜라 바타이유 연출).

1951년　「수업*La Leçon*」 초연 (포쉬 극장, 마르셀 퀴블리에 연출).

1952년　「의자*Les Chaises*」 초연 (랑크리 극장, 실뱅 돔 연출).

「대머리 여가수」, 「수업」 재공연 (위세트 극장).

1953년　「의무의 희생자*Victimes du devoir*」 초연 (카르티에 라탱 극

장, 자크 모클레르 연출).

「일곱 작은 스케치*Sept petits skeches*」 (위세트 극장, 자크

폴리에리 연출).

1954년   「아메데 혹은 어떻게 그것으로부터 벗어날까*Amédée*

ou comment s'en débarasser」 초연 (바빌론 극장, 장 마리 세로

연출).

1955년   「자크 혹은 복종*Jacques ou la soumission*」, 「그림*Le*

Tableau」 초연 (위세트 극장, 로베르 포스텍 연출).

「새로운 세입자*Le nouveau locataire*」 초연 (핀란드 헬싱키,

비비카 반들러 연출).

1956년   「알마의 즉흥곡*L'impromptu de l'Alma*」 초연 (스튜디오 데

샹젤리제, 모리스 자크몽 연출).

1957년   「대머리 여가수」, 「수업」 재공연 (위세트 극장).

「미래는 달걀 속에 있다*L'avenir est dans les œufs*」 초연

(시테 위니베르시테르 극장, 장 뤽 마뉴롱 연출).

1959년   「살인자*Tueur sans gages*」 초연 (레카미에 극장, 조제 카글리

오 연출).

「코뿔소*Rhinoceros*」 초연 (독일 뒤셀도르프 샤우스필하우스,

카를 하인츠 슈드룩스 연출).

1960년   「코뿔소」 재공연 (오데옹 극장, 장 루이 바로 연출, 장 루이

바로 베랑제 역할을 함).

1961년 「의자」 재공연 (스튜디오 샹젤리제, 자크 모클레르 연출).

1962년 6개의 작품이 수록된 『대령의 사진La Photo du Colonel』
출판.

「왕이 죽어가다Le Roi se meurt」 초연 (알리앙스 프랑세즈
극장, 자크 모클레르 연출).

평론집 『노트와 반노트Notes et Contre Notes』 출판.

「공중 보행자Le Piéton de l'air」 초연 (독일 뒤셀도르프 사우
스필하우스, 카를 하인츠 슈트룩스 연출).

1963년 「공중 보행자」 (프랑스 오데옹 극장, 장 루이 바로 연출).

1964년 「갈증과 허기La Soif et la Faim」 초연 (독일 뒤셀도르프 사우
스필하우스, 카를 하인츠 슈트룩스 연출).

1966년 「갈증과 허기」 프랑스에서 초연 (코메디 프랑세즈, 장 마
리 스로 연출).

「미국인을 위한 불어 수업Leçon de Français pour
Américains」 초연 (포쉬 극장, 앙트완 부르세이예 연출).

1967년 『단편 일기Journal en miettes』 출판

1968년 일기 『지나간 현재, 현재의 과거Présent passé, Passé
présent』 출판.

1969년 『발견*Découvertes*』출판. 이오네스코 그림과 글.

1970년 아카데미 프랑세즈 회원으로 선출.

「살인 놀이*Jeux de Massacre*」 초연 (몽파르나스 극장, 조르주 라블리 연출).

1972년 「멕베트*Macbett*」 초연 (라 리브 고쉬 극장, 자크 모클레르 연출).

1973년 「끔찍한 사창가*Ce formidable bordel!*」 초연 (모던 극장, 자크 모클레르 연출).

장편소설 『외로운 남자*Le Solitaire*』출판.

1975년 「가방 든 사람*L'Homme aux valises*」 초연 (아틀리에 극장, 자크 모클레르 연출).

1977년 기사 모음집 『해독제*Antidotes*』 갈리마르사에서 출판.

1979년 기사 모음집 『문제의 남자*Un homme en question*』 갈리마르사에서 출판.

「어린이를 위한 콩트*Conte pour les enfants*」 (다니엘 소라노 극장, 클로드 콩포르테스 연출).

1980년 「무덤으로의 여행*Voyages chez les morts*」 초연 (뉴욕 구겐하임 극장, 폴 베르만 연출).

1981~1989년   그림 전시(스위스 생-갈, 아테네, 뮌헨, 만하임, 베를

린, 프리부르그, 취리히, 파리).

1987년   위세트 극장에서 「대머리 여가수」, 「수업」 30주년 기

념 공연. 이오네스코와 30년 동안 그의 작품을 연출한

연출가들이 참석함.

1988년   일기 『간헐적 탐구*La Quête intermittente*』 출판.

1991년   전 작품이 플레야드(Pléiade) 총서에 수록되어 출판.

1994년 3월 28일   84세로 파리에서 사망.

참고문헌

Eugène Ionesco, *La Cantatrice chauve*, Édition d'Emmanuel Jacquart, Paris, Gallimard, 1993.

＿＿＿＿＿＿, *Notes et contre-notes*, Paris, Gallimard, 1966.

＿＿＿＿＿＿, *Découvertes*, Illustrations de l'auteur, Genève, A. Skira, Paris, [Weber], 1969.

＿＿＿＿＿＿, *Journal en miettes*, Paris, Mercure de France, 1973.

Abastado, Claude, *Eugène Ionesco*, Paris, Bordas, coll. Présence littéraire, 1978.

Arnaud, Brigitte, *Le génie de Ionesco*, ALiAS etc…, 2002.

Bois, Christophe, *La Cantatrice chauve*, ellipses, 2007.

Corvin, Michel, *Le théâtre nouveau en France*, PUF, 1963.

Horville, Robert, *La Cantatrice chauve, La Leçon*, Ionecco, Paris, Hatier, coll. «profil d'une oeuvre», 1992.

Hubert, Marie-Claude, *Langage et corps fantasmé dans le théâtre des années cinquante*, José Corti, 1987.

Jacquart, Emmanuel, *Le théâtre de la dérision*, Paris, Gallimard, 1994.

Jouanny, Robert, *La Cantatrice chauve, La Leçon d'Eugène Ionecco*, Hachette, 1975.

Puzin, Claude, *La Cantatrice chauve, La Leçon, Ionesco*, Paris, Nathan, coll. «Balises», 2001.

Rodalec, Yvette, *La Cantatrice chauve, Eugène Ionesco*, Paris, Bertrand-Lacoste, coll. «Parcours de lecture», 1994.

Schöne, Marjorie, *Le théâtre d'Eugène Ionesco : Figures géométriques et arithmétiques*, L'Harmattan, 2009.

Simone, Benmoussa, *Ionesco*, Paris, Seghers, 1966.

Vernois, Paul, *La Dynamique théâtrale d'Eugène Ionesco*, Paris, Klincksieck, coll. «Théâtre d'aujourd'hui», 1991.

Eugène Ionesco. Classicisme et modernité. Sous la direction de Marie-Claude Hubert et Michel Bertrand, Publication de l'Université de Provence, 2011.

Ionesco, Sous la direction de Noëlle Giret, Bibliothèque nationale de France, Gallimard, 2009.

마리-크로드 위베르, 『이오네스코 연극미학』, 박형섭 역, 동문선, 1993.

마틴 에슬린, 『부조리극』, 김미혜 옮김, 한길사.

외젠 이오네스코, 『대머리 여가수』, 오세곤 옮김, 민음사, 2003.

외젠 이오네스코, 『노트와 반노트』, 박형섭 역, 1992.

김찬자, 『이오네스코』, 건국대학교출판부, 1995.

오세곤, 「이오네스코의 부조리극과 그 한국공연사」, 『프랑스문화연구』 제18집, 2009, pp.199~218.

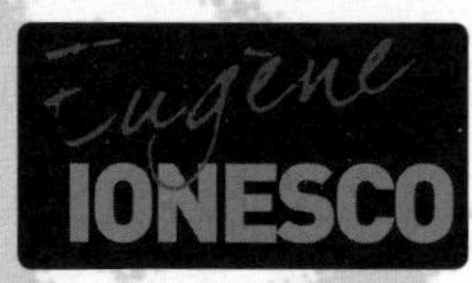